天蚕神女☆オシラサマ
赤木 貢
文芸社

天蚕神女☆オシラサマ　目次

オシラサマ

　オシラサマ。オシラサマっていうのは、昔からの、伝説のことだいね。わたしもばあちゃんや母ちゃんから、ほかには養蚕講話のときなんかにも、よく聞かされたもんだったいね。いまはそう、みんな話さなくなったいね。だってほんとにもう、お蚕さま、飼わなくなったからねぇ。

　そう、オシラサマっていうのは、お蚕の神さまのことだいね。それがね、この赤城山南麓の在にかぎってみても、話の尾ひれに違いがあってね。白川の方の人は、オシラサマなんて言わないやいね。キヌガササマって言うんだって。そう、お蚕の神さまのこと。でもまあ、オシラサマって言っても、たいてい年寄りにはつうじらいねぇ。

　むかし名主さまに年頃の娘があったんだって。そりゃぁ器量よしで、引く手あまただったんだって。ところがどうしたわけか、娘はちっとも嫁に行きたがんないんだって。嫁に行くのが嫌なら婿とるべえって言ってみても、婿もとりたがんねんだって。そのうち村じゅうで、あれこれ噂が立ったんだって。娘は巫女だっちゅう噂が立ったって。娘がかわいがってた白い馬が、娘の飼葉しか食べなくなったんだって。神さまが巫女を選ぶように、白馬が娘を選んだんだって。村じゅうみんなそう言ってるって、番頭が名主に言いつけたんだって。

名主はかっとなって「裏の桑の木に縛りつけて、馬を処分しろ」って、番頭に命じたんだって。翌朝娘が気づいたときには、馬は桑の木の下で、ドドメにまみれてくびれてたって。娘は悲しくて、声が出なくなったって。そんでもやっぱり、婿欲しがんねんだって。そしたらそのうちまた噂が立って、番頭が言いつけたって。娘は春駒の芸人にこがれて、ちぎったんだって。それで春の逢瀬を胸に、嫁に行かねんだって。それを聞いたら名主は怒って、えっ……?

春駒っていうのは、門付け芸のことだいね。獅子舞とか猿回しみたいなね。昔にすたれちまったけど、この辺りにも来てたって。古い家は春駒の唄をとってあるって。こっちは南だから初午《はつうま》より早かったって。北は雪が多いからそのあと。

春駒は夫婦や兄弟姉妹、子供も可憐に踊って、お蚕ほめて喜ばれたって。駒形木偶《でく》の鈴がシャンシャン、団扇《うちわ》太鼓に桑のバチって言って、バチを神棚にささげて、その年のお蚕が豊穣になるんだって。そうなんだいねぇ。

だけど名主は怒って、春駒が来ないように番頭に手配さしたんだって。年が明けて春駒が来なかったんで、娘だけじゃなく、村じゅうがっかりしたって。娘は相かわらず婿とらねえで、おまけに蚕は病気しょって、とうとうその年は全滅したって。

そしたら春駒が来なかったんで、蚕がたたられたって。村じゅう噂になってるって、番頭が名主に言いつけたんだって。なにもかも娘が嫁に行かないのが発端だって、村じゅうそう言ってるって。

そしたら名主は怒って「でも待てよ……」って、膝を叩いたんだって。そして番頭の前に両手をついて、頭をさげて言ったんだって。

「もう薹《とう》が立って、村じゅうに忌まれちまった娘だけど、不思議と器量だけは衰えない。どうか助けると思って、婿になってはくれまいか」

名主は言ったまま、畳から頭を上げなかったって。番頭はしばらく黙ったあと、言ったんだって。

「旦那さま、どうか頭をお上げください。じつはわたしには心に決めた女がありましたが、旦那さまにそうまでされて、また長年のご恩を思えば、どうして断るなどということができましょう。女への未練は断って、お嬢さまと添わせていただきます」

あとでこの事を聞かされた娘は、どうしても嫌だと父親《おっとう》に泣きついたけど、こんどばかりは頑として、聞き入れてもらえなかったんだって。

ところがいよいよ祝言の朝になったら、娘の姿が見えなくて、書き置きがあったんだって。その書き置きには、

――夢枕に氏神様と眷属が現れて、夜が明ける前に鈴を鳴らすから、白無垢で門ぐちに立つように言われたって。もしそうしたなら明くる年の蚕は豊作で、村もすくわれる。けどそうしなかったら、また凶作になるって。そう書き置いて、気づかれずに家を抜けるようにって。

その朝は父親も番頭も、それどころか村じゅうの誰も彼もが、夢にしても現《うつつ》にしても、みんな鈴の音を聞いたんだって。だけど娘を見た者は、ついにひとりもいなかったんだって。

娘は駆落ちて春駒になったと言われたって。でも翌年の蚕が大当たりしてみたら、こ

んどは娘は人身御供になって、昇天してオシラサマになったって。だってお蚕は、なんと言っても、天の虫だからだって。おしまい。

（群馬県勢多郡葛川村にて採取）

嫁入り

大沢家はかの国定忠治で知られる上州赤城山の南麓、勢多郡葛川村の農家である。屋敷構えは広く立派で、長屋門と、ぐるりとめぐらせた築地塀は見事である。

門を入って正面の母家は、新築二階建て。解体した旧い母家は赤城型民家といわれ、採光通風を意図して、草葺き屋根を切り上げた造りであった。そのため文化財としての価値を惜しむ声も少なくなかったが、当の大沢家の主は、時代に即して利便性を採ったのだった。

屋敷の北西には竹藪があり、この地方では赤城おろしという、冬の空っ風を防いでいる。東側には物置と、おもに籾干しに用いた小屋の二棟があったが、どちらも旧い母家とともに解体し、更地とした。西側は、母家の隣の土蔵、その南側の座敷付きの物置、ともどもに現役である。

平成×年春、布施由紀江と大沢信行は、大沢家からほど近い赤城神社で結婚式を挙げた。披露宴も同社の公民館に席を設けた。披露宴のあと、みなぞろぞろと徒歩で公民館をあとにしたとき、由紀江はふと何かにひかれる気がしてふり返った。目が合ったのは白髪の品のいい婦人で、灰色の着物姿であった。婦人は深ぶかと頭を下げ、由紀江は会釈を返した。後日夫に質してみると、昔から公民館付属の住宅に住んでいる神社のおばあちゃん、つまりは管理人だということであった。

同じ年の暮れ、由紀江と信行はアパートを引き払い、新居に移った。大沢家敷地内の東側の更地に新築した平屋である。

大沢由紀江は昭和四十×年、前橋市白神町の布施家の次女として生まれた。四歳のとき、母は長女を連れて布施家を出た。その後父は後妻を迎え、女子一人、男子一人をもうけている。

由紀江の二歳年上の夫は、農協に勤めている。由紀江は新居に移るとともに大沢家の家業を手伝うことになり、これまで勤めてきた不動産会社は、年内で退社することに決まった。大沢家は祖父に父母、夫の姉と妹、小学三年になる姉の連れ子の女の子、わずかに知的障害のある四十代後半と見える作男《さくなん》、それに由紀江を加えれば九人である。とはいえ由紀江と信行は新居で暮らし、作男の市朗は座敷付き物置で寝起きしているから、母家で起居するのは六人である。

由紀江は髪を肩まで垂らし、なにか思い詰めたふうな黒い瞳が麗しい、この秋で二十四になる嫁である。

大沢家の家業とは、田畑山林、小規模な畜産などを別にしても、キャンプ場につり堀センター、コテージやアパート経営と、手びろい事業である。由紀江たちが新居に移る前に入居していたアパートも、そもそもはオーナーというわけであった。

年が明け、小正月のまゆ玉つくりも終わると、大沢家の事業はほぼ休業状態になり、由紀江は家事の手伝いをことの外に楽しんでいた。暮れから正月の行事食など、そば打ちひとつとっても面白く、ものめずらしくもあったのだ。白菜漬けや雑煮、昆布巻きの作り方、由紀江は姑の腕前にいちいち素直に感嘆したので、姑もご満悦だった。

「ねえ由紀ちゃん、夏になったらコテージのとなりで、ソフトクリームを売ってくれる？　あんたみたいなきれいな娘が売ってくれたら、飛ぶように売れるよ」

「飛ぶように売れるほど、お客が入ったらね」義姉の雛子が言った。

出戻りの雛子は痩せぎすでやや猫背である。実家の資力も手伝って、無理して勤めずにすむせいか、いささか倦《う》んで不満のはけ口を求めていた。義姉に対しては、由紀江はいつも身を硬くした。その点、義妹の繭は柔和なたちで、歳も由紀江のひとつ下と近いせいか、息を詰めることもなかった。

その繭は、桐生の呉服店で働いているから昼間はいない。

由紀江は昼間、英会話の自習をしてみたり、柴犬二匹をつれて散歩に出かけたりしていたが、いくらか時間をもてあましぎみであった。母家で手伝いごとをするのも興味深かったが、どうかすると雛子を敬遠してしまう。家業専念を口実に辞めてしまったが、賃貸管理を主とした営業事務の仕事も、いまは懐かしく感じられた。由紀江は実際、なにかパートの仕事を見つけ、外に働きに出ようかとも考えていた。ただし夫はともかく、義父母もそれなりに期待しているようなので、避妊はしていない。そこで正社員には足踏みしてしまうのである。

夕食にかぎって由紀江たち夫婦も、母家でテーブルについている。

三月になって間もない日の夜、夫の信行は仕事で遅くなると連絡してきた。祖父と義父はいつも隣の座敷で晩酌だから、テーブルは囲まない。作男の市朗さんは、もともとみなといっしょには食べたがらず、いつも膳を受けて、座敷のある小屋に下がってしまう。由紀江は、市朗さんがうらやましかった。自分もそうしたかったし、これで繭までが夕食をキャンセルしたりすると、いくぶん気鬱にもなった。しかしこの日はさいわい、繭は帰宅していた。しかもテーブルにつくなり、

「ねえ由紀ちゃん、小暮さん知ってた？　神社のおばあちゃん？」

繭が屈託なくこう尋ねたとき、義母と義姉は、しばし怪訝そうに目を合わせた。

「神社のおばあちゃん？」

「そう、小暮さんていうんだけど和服党なのよ。つまりウチのごひいき。小暮さんがね、いちど由紀ちゃんと話したいって」

「わたしと？」

「そう。『披露宴のときもきれいな人だって思ったけど』ほら由紀ちゃん、最近ドンスケたち、散歩さしてるでしょ。『犬の散歩のとき何度かお見かけして、いちどお話ししたくなった』んだって。こんど散歩のとき訪ねてみてくれる？　わたしも顔が立つから」

「そう。じゃぁこんど、寄ってみるわ」

「うん、おねがい。これでまた帯くらいはいただきかな」

するとと雛子が、

「小暮さんならべつに、いまさらそんなヨイショしなくったって、きまって買ってくれるんじゃないの。あのひと和服しか着ないんだから」

「そうかもしれないけど、そういうもんじゃないのよね、やっぱり」

「このごろ昼間、犬がうるさいと思ったら、散歩をせがんで鳴いてたわけね。どうせならわたしが散歩させようかな、毎朝。ねぇ、綾香」

雛子は小三の娘、綾香に振った。

綾香はうわ目づかいに由紀江をうかがったが、

「三日坊主だよ、おかあさんは」

「綾ちゃん、さすが。おかあさんのこと、よくわかってるわ」繭がうけあった。

「でも由紀江さん、あのひと陰険なタイプでね。いろいろあることないこと吹き込もうとするから、あまり真に受けないほうがいいわね。実の姉さんと暮らしてるくせに、その姉さんのこと、まわりには従姉妹だなんて言っててんのよ。かなり頭のおかしいような人だから、世間をはばかってでしょうけど」

繭は思わず失笑した。

「そうか……、そうだったわね。ねぇ綾ちゃん、神社の巫女のばあちゃんが、数珠をかかげてよたよた近づいてきて、なんて言ったんだっけ」

「キツネじゃぁ、キツネが憑いとるぅ」

繭は笑いだした。

雛子は「うるさいっ」と唸った。

「失せろキツネ、祠《ほこら》にもどりょう」

「だまんな、調子者」

雛子の手前はあるけれど、さっそく明日にでも小暮さんを訪ねてみたい、由紀江はそう思いながら、笑いを閉じ込めた。


ちょうど一年前の夜、公民館で披露宴を終え、つぎは朝まで大沢家で飲み明かすのだと、みなでぞろぞろと歩きはじめた。そのときふっと何かにひかれるようにふり向くと、そこに白髪の着物姿の婦人が立っていて、目が合うと深ぶかとおじぎをした。なぜか印象深く、あとで夫に質してみると、昔から神社に住んでいるおばあちゃん、つまりは管理人だと教えてくれた。それが小暮さんのはずである。その小暮さんが、話したいことがあると言っているのだ。ただ茶飲み話がしたいのとはちがうのだろう。どんな話か、聞いてみなくては。それにお姉さんなのか従姉妹なのか、巫女のおばあさんとも会えるかもしれない。巫女はいくらかうさん臭くも思えるが、小暮さんは上品そうで、義姉の雛子の言葉こそ真に受けられない。由紀江はいつになく興に乗って、何か期待に満ちた気持ちになり、すでに寝入った夫のかたわらで、われながらおかしかった。

翌日の十一時近く屋敷の門を出て、徒歩で東の神社の方に向かった由紀江の表情は、かなりこわ張っていた。それは春先の寒風のせいばかりではなかった。

朝のことである。出勤する夫の車を見送って門の中に入ると、

「奥さん……」

市朗さんが低頭しつつ近づいて来た。

「犬の散歩、朝、わたしさせました。奥さんに頼まれまして。もう、だいじょうぶですんで、お知らせします」

由紀江はつかのま返答に窮したが、

「そう……わかったわ。ありがとう」

ひとつ溜め息をついた。きゅっと唇を結んで母家の方を睨んでみたが、私邸に引き上げた。けれど雛子に対して、腹立ちは治まらない。犬の散歩を作男に言いつけ、それをわざわざ報告させる。まったくあざといやり方だ。屋敷の新居に暮らしはじめて、ほぼ三月が過ぎていた。その間由紀江は、誰かがこの家の犬を散歩に連れだすのを見たことがなかった。二匹の柴犬は放し飼いにされており、広い屋敷内を自由に走り回っていたし、家人が徒歩で出かければ小走りに付いていくし、時にはかってに屋敷の外に出てもいた。それを由紀江だけが首輪に革紐をとおし、まじめな散歩をはじめたのだった。しかも自分のことばかりではない。市朗さんこそいい迷惑であろう。

市朗さんはお昼を別にすれば、誰かが声をかけてやらなければ十時三時も休まない。言われたことは何でも、嫌な顔もせずにするし、自分で仕事を見つけ、常に何かしら作業をしている。母家を建てかえた後は遠慮して、風呂も老母の家まで借りに行っていた。

大沢家では子牛もふくめて十頭の肉牛を飼っており、市朗さんはその飼養にも従事している。文字どおり、朝飯まえのひと仕事だってあるのである。

由紀江はそんな考えを巡らせるのだったが、それでも命じられれば従うのが、市朗さんではあった。

由紀江は覚悟を決めた。そもそも小暮さんに会いに行くのに、犬の散歩という口実が必要なわけではない。ただ小暮さんとの面会は雛子の意に添わないようだから、その点については思い切る必要があった。

青いワークシャツにジーンズという出で立ちで、由紀江は出かけた。藤色のカーディガンの袖をマフラーにして歩いていた。その後を柴犬のドンスケとサチが、抜きつ抜かれつ付いて来ていた。

葛川の橋のたもとまで行けば、もう左前方に鎮守の杜が見えてくる。由紀江は振りかえって膝を折り、ここからはもう付いてこないよう二匹の柴犬に言い聞かせた。

ドンスケとサチは女主人が橋を渡るのを、たもとからじっと見送っていた。主人が渡りきってしまうと、さらに橋の真ん中まで飛び出して、ふたたびじっと見送るようだった。

神社に人影はなかった。

由紀江は敷石を踏みしめ、鳥居をくぐった。賽銭箱の前の鈴を鳴らし、

「来ましたよ」

つぶやいてみたが、公民館の向こうで戸の開く気配はない。

社の右手が公民館、接して小暮さんの住まいがあり、すぐ前に石碑が立っている。その隣の松の木が頭上に笠をひろげていた。

「ごめんください……」

由紀江は声を掛けたが、応答がなかった。もういちど掛けてみようと、薄いすりガラスの嵌まった引き戸を少し開けた。と、人を射ぬく鬼のような眼に睨まれて、思わず後ずさった。あわてて気を取りなおし挨拶しようとして、また言葉を呑んでしまった。恐そうな鬼に対面するはずが、目の前にいるのは打って変わって相好を崩した、福々としたお婆さんなのである。言葉のない由紀江を見て、尚もにこにこと底無しの風情である。

「いらっしゃい」

由紀江は背後の声に振りかえった。

「よく来てくれたわね」

挨拶をややうわずらせながらも、由紀江は小暮さんを見てほっとした。小暮さんは薄いうぐいす色の花びら柄の和服である。

「それじゃさっきの鈴はあなただったのね。子どもの鳴らし方じゃないし、珍しいなと思ったの。いい音でしたよ」

社の裏にお稲荷さんがあり、小暮さんは掃除をしてお供え物をしてきたところだという。由紀江は上がるよう促され、炬燵の置物然として、にこにこ顔のお婆さんの、左手に座をとった。

小暮さんは、上がったその座に踵を立ててすわり、

「わたしの姉です」

その姉に向き直って、

「お姉さん、いつも話していた、大沢さんところのお嫁さんですよ。わたしお茶を入れますから、お相手してくださいね」

由紀江には足を崩して、掘炬燵なので気をつけるように言い置いて、勝手へ立った。

小暮さんのお姉さんは、変わらず相好を崩したまま、にこにこと、ほとんど由紀江をなめるようだった。

彼女は普通の人ではないと、すでに由紀江にも知れたが、どう話しかけたものか戸惑っていた。お姉さんと紹介されたが、小暮さんはすっかり白髪なのに、お姉さんの方はけっこう黒い髪も目立つ。もっとも、そういうことはあるだろうが……。

由紀江は東の窓を背にしていたが、向かいの座敷は薄暗かった。火のない火鉢に、鉄瓶がかかっていた。

「オシラサマ」

「えっ」

お姉さんの不意の言葉を聞き取れず、由紀江は思わず聞き返していた。

「オシラサマ、やっぱりあんたオシラサマでしょ」

由紀江はさらに返答に窮したが、

「あのぅ、オシラサマってなんですか」

「オシラサマはあんたでしょ。よかった、待ってたよ、ずっと。うれしい。オシラサマが来てくれて、うれしい。オシラサマ……」

お姉さんは実際、胸もとで皺立つ手をあわせ、炬燵にあたる由紀江を拝んだ。

❖

大沢家の祖父は、もう八十になる。上背もあり、耳は遠いがいたって丈夫。常に苦虫を噛みつぶしたようで無口である。陽気がいいと小屋の前に椅子を出し、じつにうまそうに煙草を吹かす。

この日も昼を軽くして、すでにぷかりとやっていた。

「おじいちゃん、煙草おいしい?」

雛子はひと声うっちゃって、祖父の目前をやり過ごした。小屋の引き戸を二度たたき、

「わたし。入るわよ」

市朗は食休みに寝そべっていたらしく、毛布をはねて正座した。

「起こしちゃった? ごめんなさい。わたしが朝の犬の散歩なんか頼んじゃったからだわ。でも無駄だったみたい。あの女、由紀江さんだけど、やっぱり出かけちゃったわ。お昼にも戻らないんだから、いい玉よ。市朗さんちゃんと、言ってくれたわよねぇ、散歩したこと」

「ええ、言いました……」

作男は膝の両手に拳を作った。

「そうよねぇ、ありがとう。明日からはもういいわよ、大変だから」

「はい」

雛子は口をすぼめ、何か言いたりない風情で戸口を去らない。目ぼしい物でも求めるように、こちらあちらと目を這わせている。

内壁のぐるりにかわり映えもなく、牛用の藁が積み上げられている。

「市朗さんいくつだっけ」

「はい、えぇ四十七です」

「そう、お母さんはどう。元気なんでしょ」

「はい、六十……七十……」

「元気ならよかったわ」

雛子は何か見つけたらしく、

「ねえ市朗さん、それお茶の箱？　その上にある物なあに。市朗さんが作ったお雛さまかしら」

雛子は市朗の背後をあごでしゃくった。

なるほどそこには、壁を背にして屏風こそないが、黄ばんだ布を掛けた茶箱らしきものを台座に見立て、一対の内裏雛然とした代物が鎮座していた。どちらも黒光りした硬質な木の顔で、単純に彫られた目鼻は狐のようである。ことに右側の人形は耳か角が二つ立っているから、人ではないようだ。着衣はもし汚れていなければ、絢爛であるかもしれない。相当な重ね着ながら、着こなしは照る照る坊主さながらである。にもかかわらず不思議な威厳を漂わせている。ロウソクと水と穀物を供されて、祭壇仕立てのためでもあろうか。でなければ骨董的な重厚さのためであろう。もちろん市朗の作ではあり得ない。

彼のたどたどしい訥弁を継ぎはぎすれば、おおむね以下のような説明が得られた。

――この一対の内裏雛然とした代物がなんであるか、自分も知りません。

以前、母家と東側の物置を壊したときは、長屋門の納戸も片づけて、屋敷じゅうの大掃除になりました。そのさい必要な物は蔵や納戸にしまい、捨てる物は回収に来てもらったり、庭で自分が燃やしたりしました。そのとき若旦那さんに燃やすように手渡された物が、この風変わりな二体の人形です。そのまま火にくべようと思ったら耳のない人形と目が合いました。人形が自分に笑いかけているので、火にくべるなどできなくなりました。もう片方の耳のある人形も、見てみるとやはり笑いかけていました。だから火にはくべられないし、もし捨てるのなら自分がもらいたいと言うと、旦那さんも笑いかけて譲ってくれました。それでこうして祭ってあります。

雛子は作男の訥弁にげんなりして、きょろきょろと上の空ではあったが、

「ふぅん、やさしいんだね市朗さんは。きっといまに、いいことあるわよ」

愛想のいい返答を置いて、小屋を立ち去った。

❖

小暮さんは炬燵の上に茶を置くと、由紀江の向かいに座を取り、姉に向き直った。

「姉さん、やめてください。驚いているじゃありませんか。はじめて会った人をいきなり拝んだりするのは、失礼なことなんですよ。それにオシラサマだなんて、いい気持ちはしませんよ」

小暮さんは由紀江に向き直り頭を垂れた。

「由紀江さん、もうしわけありません。見たとおりのわたしの姉ですから、許してやっ

てくださいね」

由紀江はしかし、なによりオシラサマというのが気になって、小暮さんに質してみた。すると小暮さんは、やや面妖な面持ちで、

「それじゃあなた、ほんとうに知らないの?」

「はい……、聞いたことありません」

小暮さんはなおも考えあぐねるようだったが「聞きたいわよね……。わかったわ。きっといつかは、あなたには話すことになると思うし、たとえ聞かなくても、あなたにはわかることですものね」

そして隣の座敷へと立ち、さして厚くはないアルバムを持ってきて、由紀江の前に置いた。

「とりあえずこれを見ていて欲しいの。お昼はうどんでいいかしら」

由紀江はことわりかけて、小暮さんの目に説き伏せられた。なるほど今は、オシラサマを知ることにしたのだ。

小暮さんが勝手に立つと、どんな扉が開くのか、由紀江はゆっくりと最初のページを繰った。目に飛び込んだのは、目も綾な花嫁衣装を身にまとった、新婦の立ち姿で

ある。白絹の角隠しにうつ向きかげんな左のページは、面立ちはよくわからない。

お姉さんはさっそく写真を指さして、

「オシラサマ、きれいでしょう」

そう問うのだが、これがオシラサマなのか……。由紀江はしかし、顔を上げてこちらを見ている右のページの新婦を見て、ああこの人は、自分に似ているとすぐに思った。自分の顔をやさしくすれば、この新婦の顔になる。もし何処かにいる自分の姉に遇ったなら、いかにもこんな目鼻だちではないか、そう思ったのだった。

「美佐ちゃんよ。美佐ちゃんもオシラサマ。きれいでしょ」

由紀江がうなずくと、お姉さんは不細工な指をアルバムに伸ばした。

開かれたページには、同じ花嫁の、サイズを違えた艶やかな写真が、スナップ風に編まれていた。そして次のページのスナップは、同じ人物の日常、ふだん着の姿をとらえていた。高校生なのだろう、一枚セーラー服の写真があり、清楚な瞳でこちらを見ている。

またページを繰った見開きを見て、由紀江ははっとした。そこにはその人の子供時代のスナップがあり、そのうえ愛くるしい赤ちゃんを抱いているのは、若くて髪も黒いけれど、あきらかに小暮さんの面影である。

逆……。

「美佐ちゃん死んじゃったの。死んでオシラサマになってる。あんたもオシラサマ。でも死んでない。すごい、あんた。オシラサマが味方になるんだもん。呼ばれないで呼んじゃうんだ。ほらっ」

お姉さんが不細工な指でふたたびページを繰った。するとそこに現れた花嫁御寮は、一年前の由紀江であった。

勝手の方から甘い汁の香りが流れてくる。

わたしは小暮さんの亡くなった娘さん、美佐ちゃんに似ている。それで小暮さんは、わたしに特別な思い入れを抱いている。

由紀江は得心したものの、まだオシラサマは不明である。

――そのとおりです。美佐子という名で、ひとり娘でした。この子がまだお腹の中にいたとき、夫は仕事中、落盤事故がもとで亡くなりました。わたしは織子をしながらこの子をひとりで育てましたが、この子に聞き分けがついてからは、とくべつ苦労もありませんでした。その証拠にわたしは、お蚕を手伝ったことがないんですよ。お蚕がますます下火になってきたころ、織子はひっぱりあいでしたから。もっとも、その頃が盛りでした。世の中はどんどん洋服になって、もう和服はふだん着ではなくなってしまいましたから。

だから美佐子が二十一で嫁ぐころには、織子だけでは大変で、わたしはもうここに居りました。ここに入るとき兄と相談して、この姉を引き受けました。兄には子供が四人あって、まだ父と母を看ていましたから。

美佐子はやさしい子でしたから、そんなわたしの苦労や心配の種を増やすまいと、気をつかったんだと思うんです。ここが実家でわたしは身寄りなんですから、事情はどうあれ嫁ぎ先を出ることになったのなら、帰ってくればよかったんです……。

嫁いで四年目に、入水したんです。

その日、明け方の四時ころでした。わたしは姉に起こされたんです。乱暴にゆさぶり起こされて、姉はこわいような、放心したような顔で言うんです。

いま美佐ちゃんが来た。美佐子が来て、寝床のまわりをまわって出ていった。

わたしは気が動転して、乱暴な言葉を姉にぶつけていました。わたしは姉の、普通の人とはちがう力をもう知っていましたから。

姉は美佐子が来た夢を見たんだ、そう自分に言い聞かせるんですが、内心ではここに居るはずのない美佐子を姉が見たからには、もう取り返しがつかない事が起こったと、わかってもいたんです。

――この辺りでは、若い女。いわゆる妙齢とでも言うんでしょうか。十代半ばから三十すぎくらいの女性が亡くなると、オシラサマになった、オシラサマに召された、そんな言い方をするんです。

オシラサマというのは、ある伝説が元にあって、お蚕、この辺ではオコサマって言っていますけど、お蚕の神さま、守護神なんだそうです。蚕をお祭りした衣笠明神様や旧家には、御神体の対になった人形や掛け軸などがあるそうです。おそらく大沢さんの家にもあると思いますよ。

明治時代に娘たちが、とりわけ農家の若い娘たちが、製糸工場で過酷な労働を強いられた話は、知っていると思います。寄宿舎の環境はそれ以上に劣悪で、虱《しらみ》や伝染病が蔓延したといいます。そうした所へこの辺りからもずいぶん働きに出て、体をこわして戻ってきたそうです。たいていは結核にかかっていて、ついには命を落としたそうです。そうした娘がオシラサマなんです。あの家はオシラサマを出した、そういう言い方をされたそうです。

いまでは信じられませんけど、あなたがお昼まえに渡ってきた葛川は、四月になると蚕道具を洗う女たちで場所の取り合いだったそうです。それほどだったそうだから、オシラサマを出さない家のほうが少なかったと聞きますけど、大げさではないように思いました。

村境に、新地村に入る手前の桑畑の端に、自然石の供養塔があるんです。右側の畑で、大きくはないから葉が盛んなときは隠れてしまいますけど、その供養塔は明治よりもっと古い時代のものだそうです。むかし春駒と言って、お蚕を褒めて踊る芸をする人が行き倒れていたところだそうです。その供養塔も、いまはオシラサマの供養塔とされて、どこかでオシラサマが出たときや、また反対に、オシラサマに召さないでくださいと、お供え物が絶えないと聞きました。

伝説のオシラサマは天竺の人で、ねたみ深い継母に虐げられて、四つの苦難を乗り越えるんです。

ひとつめの苦難としてオシラサマは、都から遠く離れた獅子の山に捨てられたそうです。

ふたつめの苦難としてオシラサマは、都から遠く離れた鷹の山に捨てられたそうです。みっつめの苦難としてオシラサマは、都から遠く離れた島に流されたそうです。

よっつめの苦難としてオシラサマは、宮殿の庭に生き埋めにされたそうです。けれどもオシラサマの後光が土をまぶしく染め抜いたので、皇帝に救い出されたそうです。皇帝はオシラサマを桑の木の舟に乗せ、海に逃がしたそうです。

常陸国に流れついた桑の木の舟は、四度の脱皮を終えた熟した蚕で大盛りだったそうです。このときの蚕が下野国に流れ、ここ上野国、となりの信濃国と伝わったといいます。

――オシラサマは神さまかも知れないけれど、この世の者ではないから、オシラサマになりたいという人はいないと思います。体裁よく、オシラサマにさせられてしまうんです。

でも、死んでしまった当人はともかく、遺された身内の者は、オシラサマになったと言われても、慰めにはなりません。オシラサマに祭られることは、それで幕引きにして真相を知ることを許さないという、わたしはやはり因習だと思っています。

自分の子どもが自ら命を絶ったとき、その真意を知りたいと思わない親がいるでしょうか。

美佐子は村内に嫁ぎました。あの子が入水したのは、蓮沼です。あの子が死んで、オシラサマにされて祥月を迎えるころには、わたしの耳にもいろいろな噂が届いていました。噂なんて無責任なものだと承知はしていましたが、そんなものにでも縋りたいほど、わたしはあの子の死んだ理由を知りたく思いました。

あの子は子どもができませんでしたから、そのことを言う人もありました。子どもができないと言っても、何も女のせいとは決まっていませんが、そういうことはこの辺では、まだわからない人もいます。

でもわたしは、そんな単純な、結局自ら死を選ぶ理由なんて、たったひとつということはないと思いますが、それでも何かきっかけというか、引き金になった事はあると思うんです。

恥を忍んで言ってしまいますと、娘の死が自殺だとわかったとき、わたしは悲しみながらも心の中で、娘に尋ねていました。あなたの婚家の誰と誰が、あなたを自殺に追いやったのか。

そして生きてわたしのもとに来なかった娘を責め、来させなかった自分を責めました。

人を落とすって、ほんとうに呆気ないほどです。口先ひとつ、針一本でどうにでもなってしまうんです。

わたしは美佐子に機織りを仕込みました。わたしが手ずから授けた、ただひとつの糧だと自負しておりました。じつはそれが、あの子の命取りになってしまい、くやしくてならないんです。

親の欲目ではなく、織子としての美佐子は未熟ではありませんでした。手間のいる仕事もこなし、機屋さんとの問題もいちど小さな事があっただけです。

ところが、美佐子が織った反物は機屋がとってくれないと、向こうの母親がよそで嘆いていたそうです。糸がずれて絵にならない。緒巻が雑で織り上がりがきたない。針の刺し忘れをするから生地をいためてしまう。

もしそれがほんとうなら、それは美佐子の手間ではなく、他人の仕業。すり替えられたのだと、わたしは思いました。

鎮守の杜の葉隠れでカラスが一羽、耳障りに鳴いていたが、由紀江には聞こえなかった。彼女はやがて、葛川にかかる橋の中ほどで立ち止まり、上流を見やった。

昼前より黒みを帯びた赤城山が、たおやかに両手を伸べて、葛川の岸辺を抱いていた。

❖

そこには姉さん被りに野良着の女たちが繰り出して、笑いあい、ののしりあいして竹籠を洗い、棚を洗っていた。右手にタワシを持ったまま、腰をのばして汗をぬぐったのは、姑のとみ子であった。その傍らには義姉の雛子、妹の繭もいる。そして驚いたことに、由紀江自身もいたのである。すると女たちの姉さん被りが、するすると綿帽子に成長し、とうとう繭になって、川面をぷかりぷかりと漂いはじめた。女たちは流されながら蛹になり、やがて蛾になって……。

もしそうでなければ、オシラサマになって天に昇るだろうか……。

小暮さんは由紀江に、泣き寝入りの惨めさに、つい愚痴を聞かせてしまったと詫びながらも、難問を突きつけた。

美佐子はなぜ自殺という道を選んだんでしょう。わたし、あなたなら分かるときが来ると思うんです。

どうして分かるはずがあろうか。美佐子さんは二十一歳のときに嫁ぎ、四年目に自殺してしまった。たしかに今の自分の年齢だし、姉妹のように顔も似ている。農家の嫁という立場も。でもそれでさえ、彼女の死の理由を知る、何の足しになるのだろう。

由紀江は否定した。

すると小暮さんは、うとうとと舟を漕ぐ隣のクニさんを見て、

——人に言ったら変に思われるから、やむを得ない事情があるほかは言ったことはないんですけど、わたしはこの人のことを天然の巫女だと思ってるんです。姉は見たように心の病気ですから、幻覚も幻聴もあるんです。姉がおかしな状態に入るのが、わたしには事前にわかるようになりました。最初いらいらした様子で、それがだんだん高じてくるんです。それから大声を出したり、殿様気分で気まぐれに要求したりして、当たり散らすんです。

でもそれが済むとおとなしくなります。目の前にいない誰かと話したり、ぶつぶつだらだらと、独り言を言いつづけるんです。

もちろんそんな独り言はいちいち聞いていません。やっとおとなしくなって助かったと思って、わたしはあれこれ自分の仕事に取りかかるんです。でも針仕事などしていると、知らずに姉の言葉に耳を傾けていたりするんです。そしてはっとするんです。姉が姉でなくなっている。しかも狂っているのじゃなくて、姉に何かが降りている、誰かが懸かっているときがあるんです。そう思うというのじゃなくて、わたしにとってはもっとあたりまえな、疑いようのない感じなんです。

でも残念なんですが、おかしな姉に頼んでみても、ふつうのときの姉に頼んでみても、娘の美佐子はどうしても降りないんです。

由紀江が、誰が降りて、何を言うのかと質してみると、

——ほとんどの場合、誰かは分からないんです。ただ出てきた人がある名前を言って、その人の縁の人だとわかる場合があります。たとえばあなたのお舅さんです。お舅さんが村会議員になる前ですから、ひと昔も前になりますけど、姉に懸かった人が「川向こうの大沢幸造に、花見は千本桜はいいが他は駄目だと伝えてくれ。伝えてくれなければ帰らない」というんです。名前を聞いてもご先祖さまですかと尋ねても、とぼ

けたように辺りを見まわして答えません。わたしは仕方なく、申しわけなく思いながらも大沢さんにお伝えしたんです。大沢さんはもちろん、怪訝な顔をなさいましたけど、事情はわかったから気にしなくていいとおっしゃってくださいました。そしてここに戻ったときには、もう姉の懸かりは外れて、もとの姉になっていました。幸造さんはあなたも知っているように、直情磊落《らいらく》な方だから、ほんとうにたいして気にもしないだろうと思っていたんですけど、それでも恒例の前橋の花見を見合わせたそうです。そうしたら、いっしょに行けば幸造さんも乗っていたはずの貸切りタクシーが、土手をすべり落ちるという事故を起こしてしまったんです。新聞にも載って、飲んだのか飲まされたのか、運転手さんが亡くなってしまいました。

幸造さんも驚いて、しばらくあちらこちらで人にも話していたようです。

このごろはでも、姉のクニが幸造さんの長女の雛子さんに対してぶしつけな態度や言葉を投げるようなことがあって、とても申しわけなく思っています。

けれど由紀江は、雛子をつぶさに知る人ならば、狐と見なすのは無理もないと思っていた。ただもちろん小暮クニさんのようには、口で言ったり態度に出したりしないだけの話であると。

——人は縁ですよ。縁がめぐるんです。

小暮さんの言葉に由紀江は思った。

小暮さんはひょっとして、美佐子さんがわたしに降りるとでも考えているのだろうか。美佐子さんの自殺の理由を知るには、本人に語ってもらうよりほかないのだから。

小暮さんの心がそれで落ち着くのなら、自分が巫女になっての代弁もかまわない。ただしその場合は、クニさんと同じ、天然の巫女ということでなければ。修行で巫女になる人に必要とされるという俳優としての素質など、自分にあろうはずはないのだから。

狐

夕方仕事を仕まい、小屋に戻った作男の市朗は、裸電球のスイッチをひねった。コンロの薬罐《やかん》を取って外に出て、石の流しの水道で水を満たした。薬罐をわきに置いて顔を洗い、腰の手拭いで拭った。また薬罐を手に小屋に戻ったとき、古い人形を祭った茶箱の台座の前に、何か置いてあるのに気がついた。

市朗はコンロを点火して、作業靴をはいたままで座敷に膝をついた。祭壇の前の用紙を手に取ってみると、

――いつも　ごくろうさまです
ひなこ　より

折り込み広告の裏の白紙に書かれていた。

市朗はつぎに、用紙の下にあった薄茶色の袋を取って、中の物を取り出した。男性向け週刊誌が二冊入っていた。無骨な指で表紙を開き、ページを繰った。女の淫靡なヌードで、見るうちに市朗は、だんだんと息が上がってきた。作業ズボンの上からいきり立つ物を握った。雑誌を放置して立ち上がり、いちど背後の戸口をはばかるように振り向いて、土間づたいに藁の置かれた暗い奥へと消えた。


戻ってくると、薬罐は湯気をたてて吹きこぼれていた。市朗はコンロを止め、外へ出た。バケツを提げてきて、小屋の中の別のバケツに水を半分移した。それから薬罐の湯を両方のバケツに注いだ。

市朗は上着を脱ぎ、上半身はだかになった。肉体労働でがっちりと締まったからだは、髪の黒さも手伝って若かった。

タオルをバケツに浸して絞り、顔、首筋から腕と、丹念に拭きはじめた。それからタオルをすすぎ、また体を拭いた。

バケツの汚水はいつも屋敷の外の側溝まで捨てに行く。小屋の外に打つことはあまりしない。この日は門の近くまで行ったところで、白い乗用車が乗り入れてきた。若旦那さまである。

市朗はバケツを提げたまま頭をさげた。

翌日も市朗が小屋に戻ると、食料品の折り込み広告が祭壇の前に置かれていた。

市朗は手に取って、裏を見た。

——ごくろうさま
ひとりでさみしくないですか
あのおんなはいいえをだめにします
あとではなします　　　ひなこ

翌日からは、

——ごくろうさま

よるはなにしてるの
あのおんなにおいだされてしまいそう
たすけて　　　　　　　　　　　ひなこ
——ごくろうさま
わたしをなぐさめて
あのおんなはざいさんをねらっています　　　ひなこ
——ごくろうさま
あなたがすきです
あのおんなはだんなさまをすきじゃありません　　ひなこ
——ごくろうさま
こんどだいてください
あのおんなはうちをのっとるつもりです　　　　　ひなこ

雛子は、まずまずの効果かなと、食事の上げ下げのときや、やや離れていても庭で対面したおりなどの、市朗の目を逸らせたり、どこかおびえたような逃げ腰にほくそ笑んだ。あとひと押しふた押しで、市朗はあの女を刺す手駒になる。もちろん体を張れば駄目押しだろう。

雛子はこのごろ父親をいちめん見直し、また呆れてもいた。医者の勧めもあるとは言え、ほんとうに酒をひかえ、タバコをやめてしまったからである。それでも性分までは変わらない。村会議員であり、眼鏡を掛けているときはどこかの教授にも見えるが、素顔は単純で頑固な農夫である。どこをどう押せばどうなるか、雛子には分かっていた。

四月になって間もない夜、雛子は機会を得た。まだ十時前であったが、幸造がひとりきりで居間のソファーにいたのである。

春休みの娘の綾香は、雛子の母と寝ることにして、すでに別室に引き上げていた。

「お湯割り、すこしならいいんじゃない、たまには」

雛子は焼酎をテーブルに置いて、テレビを消した。

「どうした、えぇ」

幸造は、何か話があるらしい長女を促した。雛子はすこし隔てを置いて父親の右側にすわり、ため息をついたきり考え込むような様子を見せた。

「なんだ、言ってみろ。金か……。何か必要なものでもあるのか」

「わたし、大学にでも行っとけばよかったなぁ」

「大学？　なんだ今更。それとも今からでも行くか。行くんなら綾香のめんどうはとみ子に……」

「ちがうのよ」

雛子は講釈をはじめそうな父親をさえぎった。

「由紀江さんよ、わたしくやしくって。あのひと、宅建の主任者の資格もってるのよ」

「不動産屋にいたからな、あの子は。それがどうした」

「もう、呑気ねぇお父さんは。ちゃんと顔に書いてあるじゃない『わたしは頭がいいって』」

とにかく生意気なのよ、夕食のときなんかひどいもんよ。わたしやお母さんなんてしゃべらしてもらえないのよ。何でもまぜっかえされちゃうの。『おまえは馬鹿』って言い聞かせてるつもりなのよ。もちろんお父さんがいるときは猫を被ってるわ、頭がいいから。お母さんには要領つかってるし。

わたしには木で鼻を括ったような態度、小馬鹿にしてんのよ。まずひとに靡《なび》くってことがないわね。自分の判断が絶対だと思ってるの。完全に天狗になっててんのよ。小暮さんのことだってそうでしょう。おかしな人だから気をつけろって、こっちはわざわざ忠告してやってるのに、しゃあしゃあとして、わたしの言うことなんかぜんぜん信用しないって態度。これ以上つけ上がらせないうちに、何とかしなくちゃ駄目よ。いちど叩かなくちゃ駄目。この家乗っ取られちゃうわよ。不動産の知識を悪用して、田畑切り売りされてからじゃおそいのよ。

ねえお父さんわかってる!?　聞こえてるの？」

幸造は雛子の剣幕に閉口しつつ焼酎を舐めていた。裏の竹藪に屋敷稲荷が祭ってあるが、このごろは供え物も一日と十五日だけで、掃除ともども市朗に任せきりになっていた。それを昔のように、自分でやろうか、などと考えていた。

「聞こえてるよ。でもなあ、信行の嫁。おまえの妹だぞ」

「甘い甘い。信行なんかいいように操られてるじゃない。自分の点稼ぎにまた保険に入り直して、わたしにも勧めるけど、危ない危ない。受取人はあの女なんだから、海外旅行なんか行かないほうがいいわよ。信行だけじゃなくて、父さんたちもよ。だってそうでしょう、考えてもみてよ。もし信行たちに子どもができたら、いまの平家じゃすぐ狭くなっちゃうじゃない。そうでしょ。東に二階家を建てたら庭の日当たりが悪くなるからなんて、もっともらしいこと言ってるけど、そうじゃないのよ。あれはもともと離れのつもりでしょ。ちがって？　ここが母家なんだからあれは離れじゃない。あの女はちゃんと計算してんのよ。はなっからここに移るつもり。わたしや綾香なんか、たちまち追い出されて野垂れ死によ。おおげさじゃないわ。いいとこアパートで生活保護ね。そんなのわたし耐えられない。何とかしなくちゃ駄目よ！」

「よし、わかった！　わかったから今日はもう寝ろ！」

「寝ろ？　わかったって、どうわかったっていうの？」

「わかったと言ったらわかったんだ。つべこべ言わずに見てろ！」

幸造は、雛子の剣幕と雄叫びによる恫喝をつぶさにして、いったい娘は、自分の手管をどこでどう盗んだのだろうかと感心もした。そしてここはひとまず毒気を抜くか、請け負うにしくは無しと考えたのだった。

❖

——ごくろうさま
とうとうこんやいかせてください
まどからはいります
あかりもおともだめです　　ひなこ

四月初旬の午前二時、雛子は浴衣の下に一糸もまとわなかったが、緊張からか寒くはなかった。南側の窓の鍵は、昼間ほかならぬ自分の手で外してあった。雛子は浴衣をはしょって小屋の裏手を抜けながら、怖じ気づいた市朗が鍵を締めてしまわなかったかと急に心配になりだした。

雛子は窓の前に立つと、そっと引いた。滑りがわるく、わずかにガラスを震わせながら窓は開いた。忍び込んで窓を閉め、目が暗闇に慣れるのを待った。月が無かったのか、外からの明かりは思いのほか貧しく、死んだように音もしない。それでも雛子の目には、手さぐりが不要なほどには、辺りが見えはじめた。市朗は布団を被っているが、あの祭壇側が頭のようだった。雛子は土間で突っ掛けを脱ぎ、枕もとに坐った。市朗はこちらに背を向け動く気配がなかった。ゆっくりと持ち上がっては下りてゆく厚い布団が、その熟睡を示していた。

雛子はつと立ち上がると、かなり荒っぽく市朗の頭を跨いで、反対側に坐った。すると市朗は寝返りをうって、また雛子に背を向けた。

「なによ起きてるの。寒いじゃない」

雛子は布団を引っ張りながら、市朗の背後に押し入ろうとした。すると抵抗が抜けて、掛け布団をたくし上げながら転げてしまった。あわてて起き直ると、市朗はあちら向きに正座して震えているらしかった。

「こっち向いて、こっち。向いてったら向いてよ」

市朗は正座したままこちらを向いたが、なおも顔は伏せ、目も閉じていた。

「ばか！　見るのよ、ほら、見るの」

雛子は浴衣をさらに乱暴にはだけたが、むなしかった。

「寝なさい！　ここに寝るの。布団に仰向けに寝るのよ。それぐらいできるでしょ」

市朗がようよう言われた通りにすると、雛子はそのパンツをズボン下もろともにはぎ取った。すると一物は、闇をつんざいて猛り立っていた。

「見なさい、ほら。こんなじゃないの。素直になるのよ」

雛子がいとおしむ間に、それはたちまち射通して彼女の失笑を誘ったが、なおも屹立として衰えなかった。

雛子が自分の上で動いているとき、市朗はわれ知らず目を開いていた。そして雛子が呼吸を乱しつつ背をまるめ、わなわなと律動し嗚咽《おえつ》をもらしたとき、ついに自分が野獣に変わるのを抑えきれなかった。

雛子は不意に押し倒されて頭を打った。襲いかかる熊を見て恐怖に固まった。熊に組み敷かれ必死に目を閉じていると、やがてその熊に盛んに唇を吸われているのに気がついた。自分の自由を奪った熊は、ほどなくうなじから耳、耳から瞼と舐めまわした。それからうなじにもどり腋下を吸い上げ、執拗に乳房にとどまった後、さらに下へと這っていった。

❖

十月。サッシ戸の外はこの日も霧雨に沈んでいた。

——それってさ、再生願望とかなんとか言わなかった。蘇生っていうかさ、復活するってこと。復活するんだから、その前に死ぬってことかな。よくないねぇ。でもまあ繭の中なんて、居心地いいかもな。そこで永遠に眠っていたいってのも分かる気もするよ。一種の逃避だろうけどさ。言わば「蚕の死に籠もり」だよ。

夫の言葉を背後に聞きながら、由紀江はソファーでスケッチブックを抱え、手の動きを止めなかった。夫が自分の絵にたいして関心がないのは分かっていた。だから夫はご機嫌うかがい、自分のお守りをしてくれているのだろうと思っていた。

十日ほども前の晩のことだった。由紀江は私邸のリビングで、夫にこう切り出した。

「お願いがあるんですけど。

わたしもう、夕食を母家で食べたくないの。もう限界なのよ。あなたには分からないと思うけど、いろいろあるの。だからそのこと、あなたから言ってほしいの。ほんとうはもうここにも居たくないのよ。アパートだっていいわ。仕事も給金をもらえる仕事を外でしたいと思ってるの……」

信行はしばし深刻な面持ちで考え込むようだったが、当然ながらわけを尋ねた。

由紀江はしかし、理由はさまざまな事のつみ重ねでいろいろあるが、話せばたぶん「それくらいのこと」と思われてしまう。「気にしすぎ。考えすぎ」と思われてしまうだろう。それほど巧妙なやり口で、自分の主観としては「いじめ」を受けている。だから言っても分かってもらえないと思うと前置きし、でも、もう食卓を共にしたくないと決意させた、きっかけとなる出来事がある。それを話しますと言った。

――五月のゴールデンウィーク前から、コテージやつり堀センターを主として、この家の仕事を手伝いはじめました。売り子や商品補充、配送や掃除といった仕事です。わたしは大沢家の人間ですが、経営スタッフとは思っていませんし、仕事の内容に不満はありません。自分のできる仕事なら何でも覚えて、何でもしようと思っていました。他の人の邪魔にならないようにしよう。できるだけ気を使わせないようにしようと考えていました。ただいっしょうけんめいに努める、それだけでした。

あなたのお姉さんですけど、はじめわたしのことを何か誤解して、いろいろ攻撃してくるんだと思っていたんですけど、最近はそうじゃなくて、どうもわたしのことを生理的に、決定的に嫌いなんだと思うようになりました。なぜ嫌いなのかというと、おそらくわたしがあの人に操作されないからだと思います。操作されないから、ある意味ではわたしを恐れ、手段を選ばず屈伏させようとするんです。一週間前にわたしは、雛子さんから缶類の配送を手伝ってほしいと頼まれました。道下の販売機から補充をはじめ、センター方面から回ってコテージまで行って、仕まいでした。

その帰り道に雛子さんは、表通りを通らずに狭い裏道を縫って走ったんです。その目的は、わたしに恐怖感を与えるためでした。わざと電柱に接近したり、路肩すれすれに走ったりするんです。もちろんその狭い道では非常識なほどのスピードで。

わたしは恐怖感に耐えながら声を上げませんでした。やはりあの人に屈伏したくなかったんです。もちろんおびえて悲鳴をあげたとしても、それだけでは屈伏したことにはならないと思います。でも、もしそうしていたらあの人はすごく満足して、薄笑いを浮かべて言ったと思います。

「あらこわかった。ごめんなさい。早く帰って夜の支度があると思ったから。助手席ってけっこう怖いのよね」くらいのことは。

でもわたしにしてみれば、その程度の言葉で済むほどの事じゃありません。恐怖で人をコントロールしようとするなんて、とても許せません。

もしあなたがわたしの言ったことを分かってくれて、お姉さんに抗議してくれたとしたら、あの人は完全にしらを切るでしょうね。

「わたしの運転がこわかった? ぜんぜん気がつかなかった。そうならそうと、どうしてその時言ってくれないの。言ってくれればスピードなんて、いくらでも緩めるのに」

こんな調子でしょうね。あなたには悪いけど、ひどい女だと思います。わたしに殺意を向けてくる人と、もう同じ食卓にはつけません。

信行は由紀江に、「姉の性格は分かっている。子供っぽくてヒステリーなところがあり、離婚して戻って来たとき、さらにそれが高じていた。離婚の原因もたぶんその性格が一端だと思う。ただ姉のような人は、ちやほやとおだててご機嫌をとっておけば、けっこう喜んで世話をやいてくれたりもする。だから一歩譲って祭ってしまう。それができないだろうか」と言った。

由紀江は、「できません」と答えた。

人には、お守《も》りをしてもらうタイプとお守りをするタイプ、人からお守りをしてもらわないかわりに、自分でもしないタイプ、この三通りあると思うけど、わたしは三番目のお守りをしてもらわないかわりに、することもないタイプ。四年生の綾香ちゃんのお守りなら、しないでもないけれど、どうして大人である雛子さんのお守りをしなければならないのか。それは本人のためにもならないではないかと言い切った。

するとと夫は、

相手のためにならなくても自分のためになれば得だと思うが、まあおまえの性格ではそうだろうと納得してくれた。そして、

夕食も私邸でとるから、もう母家の食卓につかないと伝えることは伝えるが、その理由については「オシラサマのお告げ」とだけ言っておく。それでいいか、と妻に尋ねた。

「ありがとう」と、由紀江は答えた。

春に神社の小暮さんを訪ねた帰り、由紀江は葛川の橋の上からあるビジョンを見た。赤城山に抱かれるようにして、葛川の岸辺で養蚕道具を洗う女たちの姿である。そこには姑がいたし、義姉も義妹も自分もいたのだった。すると女たちの姉さん被りが綿帽子になり、繭になって女たちを包み込んだ。繭は川面を漂い流れ、やがて女たちはオシラサマになって天に昇るのである。

このビジョンは由紀江がその後も橋に立つたびに現出し、さまざまにバリエーションを加えながら語りかけてきたのだった。

やがて彼女の内部に、このビジョンを絵に描きたいという気持ちが自然に湧いてき

た。

はじめは橋の欄干やたもとから、赤城山を背景にして、葛川のスケッチからはじまった。つぎに赤城山のてっぺんに女神の頭を置き、絹の衣装を着せた。たおやかな稜線が肩から腕のイメージで、葛川を抱いたかたちである。女神はしかも幾つもの繭をかかえ、繭の中では裸体の女が胎児の形で眠っているのだ。

――由紀江は農家の嫁として僭越。また何か資格を取って人を出し抜こうと企んでいる。

雛子を発信元、市朗を伝達係とするそんな中傷を耳にしつつも、由紀江はカルチャーセンターの水彩画の入門コースに通いもした。

このイメージ画への熱中が、由紀江にとってひとつの逃げ場であったことは間違いなかった。

大沢家での日常は、由紀江の首を真綿で締めた。あの本当は善良にちがいない市朗さんが、雛子の耳があるかぎりにおいて、由紀江に当てこすりを言うのだった。繭と雛子の表立った遣り合いは、幾分なりと心強くもあったが、義父母はしだいに、その長女に染められていった。

雛子は柴犬のドンスケとサチが、由紀江に尻尾を振り、まとわりついているのも利用して、由紀江を脅した。たとえば由紀江が洗濯物を干しているときなどに、雛子は桑のムチを手に忍び寄り、思いっきり犬を叱り、ムチをビュンビュンいわせて地面を叩くのだった。

「ほら、おまえたち、邪魔じゃないかこんなところで。邪魔邪魔！」

こんな具合でドンスケとサチも、雛子にそっぽを向くようになった。

雛子は雛子で、庭の水道で車を洗いながらホースの水で犬たちにお仕置きをし、ときに手もとを狂わせて、飛沫と言うにはあからさまな放水を由紀江に浴びせたりもするのだった。

コテージやつり堀センターといった観光分野を由紀江が手伝いはじめた時期は、水田の準備と田植え、ねぎ苗やさつまいもの植えつけ、大豆小豆の種まきと、農作業がてんてこ舞いで、由紀江は言わば、必要に迫られて駆り出されたかっこうであった。

こうした日々の中でも由紀江にとってきつかったのは、準備も含めた夕食時であった。大沢家には自家菜園もあって、ない野菜は近所でくれるので、いつでも新鮮な野菜が食べられる。ナスやキュウリなどを家の誰かが楽しみにもぐほかは、作男がすべて取り分けておいてくれる。

義母や義姉は気軽に由紀江に言いつける。

――由紀江さん、ホウレン草取ってきてくれる。

――由紀江さん、タケノコもらってきて。

――由紀江さん、キュウリとミョウガお願い。

――由紀江さん、カボチャ頼める。

――由紀江さん、ジャガイモ。

――ダイコン―トウモロコシ―インゲン―オサツ―オクラ……。

由紀江も嫁は下っ端と心得て、使い走りなど厭いはしない。問題は雛子がついてきたり、すでに先にいたりして、それに市朗さんが追従してしまうことである。

市朗さんは由紀江を傍らに、雛子にとつとつと言うのである。

――この家の主婦は、魅力の座ですね。

――主婦の座は、ねらう人がいるんでしょう。

――財産も家も、ねらう人がいるんでしょう。

——奥さんは、長女で上ですね。

——資格は役に、たちますか。

——絵は児どもがおすわ、るんでしょ。

——奥さんの言った、とおりでした。

——政略でしたか結婚は。

——家を乗っ取り、ますか。

——人はしゃべらないほうがいいでしょう。

——だれも小暮さんと、会わないでしょう。

——女の人は素直がいいわけですか。

——頭より気立てが、だいじでした。

当てこすられて台所に戻ると、ダイコンのおろしやゴボウの皮むき、うどん粉こねやぬか漬け出しなど、下っ端の作業はいくらでもある。いくらでもあるから、気をきかせたつもりで率先してやると駄目なのである。

——言われたことだけやってればいいのよね。

——そうねぇ。

―ちゃんと聞くとかねぇ。

仕度ができて夕食となるが、祖父と義父は隣の座敷で晩酌である。義父は癌で死んだ同級生の葬儀以来タバコをやめ、アルコールも控えていた。その義父が酒飲みでスモーカーの祖父に酌をしているのは微笑ましくもあった。息子が帰宅していないときは、祖父は手酌で飲んでいた。

ある夜も幸造が老父に注していると、そこに雛子が加わって、父親に注しはじめた。すると程なくして、

―いいか雛子、これだけは言っておくがな、人間は知識じゃない。け、い、け、んだな。いい大学出たり資格があってもな、経験にはかなわんな。

また他日には村議選の話などにまぶして、

―やつはもし立っても駄目だな。いいか雛子、これだけは言っておくがな、ものには順番てものがあるからな。先のものを差し置くなんてのは、とんでもない話だ。まあ、叩かれるな。

―いいか雛子、これだけは言っておくがな、この日本は全国津々浦々、どこへ行こうが縦型社会だ。それが分からんようだと世間に爪弾きにされるだろうな。

また父と娘の掛け合いでは、親戚や知り合いに不動産業を営む者や大学教授がいることが強調された。他にも不自然で幼稚な誇示は多かったが、由紀江にはどうでもよく、夫に質すこともなかった。

こうした日々の当てこすりや嫌味はとうぜん由紀江を辟易させ、ますますオシラサマを描くことに追い込んで、熱中させた。

由紀江はスケッチブックをわきに置き、伸びをした。夫が入れてくれたコーヒーは温《ぬる》くなっていた。夫はこの祭日にサツマイモを掘ると前から言っていたが、雨つづきに中止。閉居となった。そして妻をもてあまし、どこへ行くとも告げずに出かけてしまった。あと一時間で正午である。

最終的に夫と別れることになるのか、由紀江は自問した。屋敷はもはや、出なければならない。それは分かっていた。やはり夕食も分離するという布告と実践は、それなりの動揺を引き起こしたのだった。

夫は妻に言ったように、分離の理由は「オシラサマのお告げ」と伝達した。オシラサマというのは蚕の守り神で、このごろ嫁が暇さえあれば描いている絵のことだと、母家でも知っていた。だからオシラサマのお告げというのは、他ならぬ由紀江のお告げということになる。

母家での夕食をやめて三日目の夜、由紀江が夫からの電話の受話器を置いたとき、玄関のチャイムが鳴った。扉を開けると、義母がラップを掛けたラーメン丼を抱えて立っていた。作りすぎた煮物を食べてくれと言って由紀江に預け、時期を見てまた母家に戻ってきてとつけ足して、足早に引き上げた。

由紀江は義母を気の毒に感じていた。素直で単純な者ほど操られ、同調し、加担するのだろう。まして糸を引く者が血のかよった娘ともなれば、致し方なかったかもしれない。事情は義父にしても同じであるはずだ。そうは思ったが、やはり由紀江はあの雛子と同席する気にはなれなかった。自分が母家で食卓につくときは、あの雛子はいてはならないのである。もはや関係の修復を望んではいないのだった。

助っ人もあるから慣れない事はしなくてよいと言われ、由紀江はいまも農作業を手伝うことはない。けっこう慣れてきた観光分野の雑役は手が足りてきて、自分の出る幕もなくなった。おかげで母家の面々と顔を合わせるのも最小限ですんでいる。たとえ顔を合わせても通りいっぺんで、取り合えず嫌がらせや当てつけの発言は、影をひそめていた。

義母は煮物を差し入れてくれたが、夫からの電話は夕食のキャンセルであった。

由紀江はキッチンのテーブルに丼を置き、夕食の仕度もどうでもよくなって、そのまま椅子を引いて腰掛けた。そしてなぜか反逆の嫁の立場に身を置くことになった自分をおかしくも思った。

自分がこの家でなぜ虐げられたのか、由紀江には思い当たる節があった。言わば飛び火した狐火の厄である。

雛子がどこからか自分に対する風評を聞きつけ、それを鵜呑みにしたのに相違ない。そして被害妄想をふくらませ、かってに脅威をいだき、あざとい威嚇をはじめたわけなのであろう。色眼鏡を掛ければ、ささいな証左で十分なのだから。

由紀江はまだ旧姓布施由紀江であった時代に、ある者との対座で鎌をかけられ讒言《ざんげん》されて、一夜にして四面楚歌に立たされた経験があった。

会社の同僚であった女狐が、ちょっと相談したいことがあると言って、由紀江を食事に誘ったのである。その席で女狐は、のっけから切り出した。

「わたしさぁ、蛇女、嫌いなのよ。ほんとに自己中心的でしょう。みんなあなたやわたしに嫌な仕事押しつけて、自分は楽な仕事ばっかりじゃない。とんでもない女だわ。あなたなんて豚仕事ばかりじゃない。だからだれーも、あなたの悪口言う人なんか、いないのよね」

女狐はそう言ったが、由紀江の考えはそうではなかった。

「蛇女さんよりも、女狐さんの方が仕事はかなり楽だと思うけど」

「でも蛇女は、さっさと仕事済まして、一番乗りで帰っちゃうじゃない」

「それは部長のさじ加減ね」

「でも蛇女さんは、仕事とっても早いのよ」

「そんなに変わらないわよ、わたしたちと」

この翌日、由紀江は蛇女に耳打ちする女狐を目撃して、嫌な予感を覚えたのだった。しかも昨晩は、話のついでに年功序列制の批判にまで及んでしまった。それも女狐によって改竄《かいざん》伝言され、先輩はもとより、社内全体の知るところとなったのは明らかだった。

ここに由紀江の評判は「先輩に楯突き、現行制度に不満を抱く、人の悪口を陰で言う女」となったのである。思えば女狐は、性質ばかりか顔だちまでも、ある種の特徴が雛子に似ていた。由紀江はしかし、狐の卑劣で巧妙な手口に、申し開くすべを失ってしまった。蛇女に対しても「じつは女狐があなたのことを……」とは、告げる気になれなかった。けれど周囲の者がほどなく、狐の正体を見破るだろうと期待してみたが、なかなか尻尾をつかまれないのが、狐の狐たるゆえんなのではあった。

世間に流布する誹謗中傷の伝聞をたどり、その発信元に行き着けば、そこには狐の尻尾が垂れている。狐というのは人の欠点弱点に目を凝らし、すきあらば讒言という言葉のすり替えによって、人を陥れずにはいられない生き物なのだ。たとえ狐に見入られる者に、一抹の責めがあったとしても、人はそのことに、よくよく留意すべきであろう。

❖

十月十日の村民体育祭は好天であった。

市朗が、昼食としてもらったにぎり飯を頬張っていると、小屋の戸が二度叩かれた。応じる間もなくガラガラと開いて、いままでついぞないことに、大奥さんが顔をのぞかせた。

あわてて飲み下した飯粒で、まだへどもどしている市朗に、大奥さんは待たずに言った。

「市朗、食べてたのかい。いいんだよ、あわてずゆっくり食べて。食べてからでいいんだけどね、いま知らせてくれた人があって、うちのドンスケとサチが、裏の道端で死んでるっていうんだよ。様子じゃ農薬でも舐めたんだろうっていうんだけど。お宅の犬に間違いないって言うし、いないだろう、ドンスケもサチも。ちょっと軽トラで行って荷台に載せて来てくれないかね。信行も家の人もまだ帰って来ないんだよ。頼めるかい」

「はい、すぐに。いま見てきます」

市朗は大奥さんを押し出すように小屋を出た。右手に二台、一輪車が立ててある。市朗は一輪車を押して門を出ると、屋敷の東の道を北に折れた。右手は刈り入れの済んだ畑でドンスケたちの遊び場になっていたが、一望したかぎり犬の死骸らしきものはなかった。屋敷裏は造園会社の所有園で庭木樹木が不揃いに植えられていた。柵はなく、道との境界を示すように青草が繁っていた。それを褥《しとね》に、二匹の犬は悶絶していた。苦しまぎれに、草を食べようとしたらしかった。

死んだばかりで、まだ柔らかな二匹の犬を市朗は一輪車に乗せた。

ドンスケは市朗が名付け親であった。サチとともに大沢家に来た犬が、二年前に車に跳ねられて死に、その後釜をもらい受けに行った市朗が、命名というボーナスを頂戴したのである。跳ねられて死んだ犬は牛舎の裏に埋めた。今回も市朗は、同じ指示を受けた。

牛舎の建つ前は桑畑であった土は柔らかで、穴は容易に掘り上がった。その縁に立って市朗は、赤黒く湿った穴の中を見下ろした。胸もとに何か、熱い塊がつかえていた。子どものとき大泣きしたあとに、胸を塞いだものに似ていた。しかし市朗はいま、あまり悲しくも泣きたくもなかった。胸のつかえは大奥さんから知らせを受けて以来、そこにあるような気がしていた。飲み下した飯粒が、喉につかえたわけでもなかった。すると市朗の脳裏にぼうっと、雛子の顔が浮かんできた。

——ねえ市朗さん、あのぅトリカブトって知ってる? 林の端や川辺の湿地に生える紫色の花で、一メートルくらいらしいけど……。

市朗はトリカブトが猛毒のある植物と知っていたし、それが清楚な姿で自生している場所も知っていた。それで頷きはしたが、

——大旦那さんたちに、怒られますから。

——毒があるから……。

雛子はそう言って笑い、もう拘泥する様子はなかったが。

大沢家の人々は、ドンスケとサチは造園屋の庭樹園の農薬を舐めて死んだと考え、あまり頓着もないようだった。たしかに猫などは、ときどきそんな様で死骸をさらすが。

市朗は指示を待たず、長屋門の納戸に置いてある肥料と農薬、添加剤などに、しっかりとビニールシートを掛け直しておいた。しかしそれでもなお、一抹の不安は消えなかったが。

市朗は一輪車からドンスケとサチを穴の縁に下ろした。それから自分が穴に入り、それぞれを抱え下ろし、穴の中に横たえた。土をかけて、盛って石を置いた。心の中で変死をこうむらせたことを詫び、成仏を願った。

そのまま市朗は牛舎に入り、夕方の飼料を量りはじめた。すると通りの方で車が停まる音がして、雛子が入ってきた。

雛子は今でも市朗の小屋へ、ときには夜這いに訪れていた。昼間は警戒して、前を素通りするのみである。その代わりこうして、牛舎や畑などにときどきやって来ては、発破を掛けるのだった。

「ごくろうさま。穴堀りたいへんだったでしょう」

　市朗は曖昧に頷いた。

「バカな犬ねぇ、二匹そろって。シベリアンはリコウじゃないって思ってたけど、柴犬がこの程度とはねぇ」

　市朗は箕《み》に量った飼料を手前の餌受けに空けながら、振り向きかげんに頷いた。

「ところでこの頃どぅお？　離れの絵描きさん。野菜もらいに来てるんでしょ」

「たまに、来ます。それと置いておいて、持っていってくれます」

「届けてやってない、わざわざ……」

「たまに、少ない量のときと、早いほうがいいときぐらいだと思います」

「いい。この間も言った通りよ。あの女、夕飯も母家でとらなくなったけど、とんでもない策士じゃない。計算して、揺さぶりを掛けてんのよ。たんなるポーズ。パフォーマンスなの。分かる？　たんなるポーズ。パフォーマンスよ。『わたしいじめられてます』っていう恰好をつけてるわけ。見せつけてるの、当てつけなのよ。ふざけた女。こんどそう言ってやるといいわ。見てなさいよ。恰好だけで、ぜったい出ていきやしないから……」

「恰好、ですか」

「そう。恰好。ポーズ。パフォーマンス。こんど言ってやりなさいよ」

「ポーズ。ポーズ。パフォーマンス。ですね」

「そう。ポーズ。パフォーマンス。出る気はないの。芝居よ、芝居」

「芝居、ですか」

「そう、芝居。役者なのよ、役者。分かる?」

「役者、ですね」

「そう、役者。ふざけた女」

女主人の懸命な刷り込みに対するサービスと、自分の解放を願って、市朗は答えた。

「はい。こんど、言います」

滝行

いつも千切れんばかりに尾を振っていた、ドンスケとサチの死因に対する確信は、由紀江にもなかった。ただ目に見えない悪意が屋敷の中をさまよっていて、それが具現したのには相違なかった。それはすでに自分にも取り憑いていて、宥和《ゆうわ》を試みる義母の執り成しをすでに何度か突っぱねさせていた。

由紀江は雛子の皮肉に妥当して、このところ本当に、離れの画家になっていた。しかも自分ではまだまだ練習のつもりでいた。

由紀江はまずスケッチブックに鉛筆で、赤城山に抱かれた葛川を写生した。スケッチブック一冊にそればかり描いたのである。

そのあとは自宅で、赤城山に女神の頭を置き、絹の衣装を着せた。たおやかな稜線が肩から腕のイメージで、葛川を抱いている。女神はいくつもの繭をかかえ、繭の中では裸体の女が胎児の形で眠っている。この基本イメージにバリエーションをもたせながら、一冊分描き加えたのであった。

この段階で夫には、

——なんだ、そのオシラサマっておまえじゃないか。自画像を描いてるってわけか。

と指摘を受けた。

これは無理もないことで、由紀江は蚕の女神オシラサマのイメージとして、自分によく似た小暮さんの娘、美佐子の面影を頭に置いたのであった。しかし夫には敢えて、そのことは言わなかった。オシラサマのモデルは美佐子さんでも自分でも、義母や繭、そして雛子でさえかまわないのだから。

そして間もなく十一月になろうとする今、一冊分の彩色にかかったのであった。もし気に入った仕上げができたなら、きっと小暮さんに進呈したいと思いながら。

葛川の橋からの写生の段階で、あるいはスケッチブックなど持たない通りすがりにさえ、山というものが様々な表情をもち、色合いを示すものだと、由紀江はあらためて感じていた。由紀江が好きなのは、西日に藤色に映える山であった。うすい紫色が、絹の光沢と照り合って、綾なす天然の織物となるのである。

こうして彩色に苦心しながら、由紀江はスケッチブックを三分の一ほども塗り終えた。

そんなある日のことである。

白と薄紫を交互に使い、由紀江は一心にオシラサマの衣裳を織っていた。根を詰めすぎたせいか肩が張り、疲労感がかさんでいた。そろそろ筆を置いて休もうかと思ったとき、夏にしまい忘れた風鈴だろう、外でチリンと鐘を叩いた。その鐘の音がキーンという耳鳴りとなって、由紀江の体にしみ入って来た。そして由紀江を内側から締めつけ、吸い上げた。

由紀江はひどく頭が重く、息苦しくなった。何処か知らない、暗闇を歩いていた。何かから逃げていた。下腹部。下半身。乳房も痛かった。どうしてか分からない。不眠不休。三日の間、ふらふら。十一時に床に就き、三時には起きていた。毎日。そして釘を刺された。あっちも釘こっちも釘で、動けなかった。言葉の釘。でもどうでもいい。痛いし臭い。汚い。体を洗わせて。清めたい。体を洗いたい。言えない。帰れない。きれいにしないと帰れない。体を洗いたい。体を洗わせて。汚れをとるの。体を洗わせて。水。水。水。水……わたしは美佐子。凌辱！　凌辱！　凌辱された。

そして鋭い悲鳴が、白絹を裂いた。

由紀江を締め上げ吸い上げていたものが、耳鳴りとなって抜け、鐘を鳴らして去っていった。

由紀江は額に汗を浮かべ、呼吸は浅く速かった。四肢に疲労感と痛みが残り、生ぐさい臭いさえ張りついているように思えた。自分に何が起こったか、美佐子に何が起こったか。由紀江は息を整え、絵の中のオシラサマをまじまじと見つめた。そして美佐子の面影に語りかけた……。

葛川の川面をわたる、朱に染まった赤城山から吹く風は、肌に冷たく清々しかった。

由紀江は葛川の橋を渡るとき、あのドンスケとサチが小走りについて来るのを感じ、振りかえるのだった。すると二匹の影は風となって消えてしまうのである。風を見送ってふたたび歩きはじめると、二匹はいつの間にか後ろに、またちょこちょこと付いているのだった。

由紀江は小わきにスケッチブックを抱え、鎮守の杜の鳥居をくぐり、賽銭箱の前の鈴を鳴らした。

――来ましたよ。

由紀江は小暮さん宅をたびたび訪れており、小暮さんは鈴の鳴り方で、来訪者が由紀江であると分かるようになっていた。

小暮さんの家では常に、小暮さんの姉、天然の巫女のクニさんが、玄関に正対して坐っている。必然的に勝手が背になり、ほとんど置物のように具わっている。この日はにこにこと、まずは麗しい老女であった。

由紀江も常に定位置となり、東の窓を背にして坐る。

小暮さんが茶の用意に立っている間に、由紀江はことわって、仏壇の美佐子に線香を上げた。そして茶が入るとそこそこに、用件を切り出した。

由紀江はまず、三分の一ほど彩色を終えたスケッチブックを小暮姉妹に見てもらった。絵のことはこれまでに、たびたび触れてはいた。しかし美佐子の面影をオシラサマのイメージとして頂いたことまでは、話していなかった。

炬燵の上でスケッチブックを開き、丹念に見入る姉妹のようすに、由紀江は自分をダブらせた。はじめてここを訪れて、アルバムを開き、美佐子と対面したときの自分を。あのときは美佐子はもちろん、オシラサマも知らなかった。それが今はオシラサマのイメージに、美佐子を重ねて絵にした自分がいる。

「美佐ちゃん、オシラサマ。美佐ちゃん、オシラサマ」

クニは妹や由紀江の顔を見ながら、蚕の女神を指さした。

姉の指摘に同感したのだろう。妹は物問い顔で由紀江を見た。

由紀江は頷いた。そしていまこの事を仏壇の美佐子さんにも報告したので、小暮さんもクニさんも了承してほしいと頼んだ。

重ねて由紀江は、ややはったり気味とも自覚しつつ、

――この水彩は練習のつもりで、来春くらいからは日本画を習いたいと考えています。自分のイメージではオシラサマはどうしても、日本画や掛け軸の方が似合っていると思うんです。

一生懸命描いて展覧会に出品したり、個展を催したりもしたいと思っています。ついてはこの先も自分は、当分美佐子さんの面影と向き合うことになる。それでこれを機会に、いちど美佐子さんのお墓に、お参りさせて頂きたいのです。お墓で美佐子さんの霊を慰め、語り合い、自分を見守ってくれるようにもお願いしたいのです。

由紀江はそう訴え、快諾を得た。

信行は運転席の窓を半分ほど開けた。暖気した車内に、冷たい外気が心地よかった。前方遥かに、ひさびさに見るような気がする、前橋の夜景があった。まだ六時とあって、いささか感光気味だが、独身のころに由紀江とよく眺めた光景が、いまも変わらずにそこにあった。けれども今日これから助手席に座るのは、妹の藹である。

昼間職場で、妹から電話を受けた。義姉のことで話があるが、外で会ったほうがいいとのことだった。

信行は煙草に火をつけ、ふかぶかと吸った。しばらくすると真後ろに車が停車して、藹が乗り込んできた。

ふたりはデート相手に相応しくないとジャブを交し、本題に入った。

——由紀江さんだけど、最近ちょっと変じゃない？　あのさぁ、白無地の上着、それと足袋。あとは襦袢とか裾よけとかって、下着があるんだけど、それをわたしに見つくろってくれって言うのよ。ねぇ、変でしょう。そりゃあ呉服屋だから、見つくろえって言えば見つくろうけど、由紀江さん持ってんのよ。そう言ったらさ、なんて言ったと思う。

『持ってることは持ってるけど、今回はまっさらな物にしたいと思って』だって。

まっさらよ、まっさら。わたしどうしたのかなぁと思って、そのまっさらな白無垢をどうするのって聞いたわよ。そしたら、着るって言うの。それじゃそれを着て、どうするのって聞いたら、ちょっと言いよどんだんだけど、

『わたし水垢離《みずごり》をとらなくちゃならないの』だって。

わたしもう、しばらく二の句がつげなかったわ。でも気を取り直して、

『水垢離っておねえさん、あの水に入ったり、滝に打たれたりとかするやつのこと』って聞いたら、そうだって言うの。

『でもどうして』って聞いたら、べつに秘密じゃないんだけど、うまく説明できない。分かってもらえるように説明できると思ったら、かならず話すから、いまは何も聞かないで、白装束を用意して欲しいって言うの。

――ねぇ。完全におかしいでしょう。でもわたし『あっ』と思って、

『ねえお姉さん、もしかしたらそれ、子どもを授かるための願掛けとか』って言ったら、『そうねぇ。神社でお願いしても、お賽銭やらないせいかちっとも気配がないし、

それがいいわ』だって。

でもそんなこと、いまどき信用できる?

わたし、人のやることはどうでもよくて、あまり干渉したくないんだけど、なんたって白装束でしょう。子づくりの願掛けとか言って、じつは入水自殺とかさ。

ちょっといびりすぎてんのよ、家の狐が。

それでわたし、お兄さんは知ってるのって聞いたら、

『これから相談して手伝ってもらうつもりだけど、自分で話すから、まだ言わないでおいて』ですって。

どう、変じゃない。それとも子づくり祈願の話とか、したことあるの?

したことはないと、兄は答えた。

——子どものことは少なくとも夫婦の間では、深刻な話題ではない。経済的には問題ないので、生まれるもよし、引っ込むもよし。子どもに任せてある。女房が必ずしも同じ気持ちとは言わないが、やはりそれほど深刻とは思えない。

「でもおれに相談して、何を手伝えって言うんだろう」

「送迎でしょう。それと見張りとか、場所探し。ちゃんと死体を回収してもらわなく

ちゃならないから。

いまのは冗談。でも由紀江さん、もう決めてるみたい。けっこうあっちこっち下見に回ったみたいね。むかし兄さんとドライブしたり、渓流釣りに行ったりした経験が思わないところで役立ったんですって。

山伏川の上流の滝なら、じかに打たれることもできて、葛川なら、桶に受けてから被るようになるんですって。

流れに身を浸すだけなら、けっこう大きな赤岩とかあって、昼間でもけっこう死角がとれるって。

でもどちらにしても早朝が一番で、足もとも見えるし、水が冷たくて清冽だから、水垢離にはもってこいの時間なんですってよ。

この時期は昼間でも、じゅうぶん過ぎるほど冷たいと思うけどね」

「本気かぁ」

「大本気。でも兄さん、お姉さんが相談持ちかければいいけど、もし黙ってるようだと、万一ってことも、ないとは言えないよ。たとえそんな気がなくても、一人の場合、足すべらすことだってあるんだから。わたしお金もらっちゃったから、あさって白装束、わたすからね取り敢えず。それ以降は要注意だよ、いい？」

「わかった。わざわざ悪かったな。感謝します」

妹は兄に、タバコ臭いと苦情を述べて、自分の車で帰って行った。

信行の視界に前橋の夜景が、来たときより鮮明に映っていた。

利根川に近い、由紀江の実家のある白神町の方角は、右手の樹木の影になり、ここからは見渡せない。

なるほどな……と、信行は独りごちた。由紀江の心にも何かの影が落ちていて、いつも核心を隠している。考えが見えないから憶測を呼び、誤解を招く。それが由紀江なのではあった。


由紀江から話があったとき信行は、じつは妹から内々に知らされていた。妹は心配のあまり不安になって話してくれたのだから、どうか責めないでやって欲しいと詫びて、逆に由紀江に提案した。

事情はともかく、どうしても水垢離をとると言うなら、やはり山伏川の滝がいいだろう。あそこなら道路から河原に入り、車を駐車できる。そこから滝までは五十メートルは歩かないだろう。石がごろごろしているのは仕方がないが、全体的には平坦で、日も当たるから苔も少ない。それに滝の手前に赤岩があるから、完璧ではないが、だいぶ死角にはなる。そこで焚き火をするのがいいだろう。

じつは自分は、滝に打たれるお前の姿をカメラに収めたいと思っている。めったにない美しい光景だと思うし、記念にもなるから、これはぜひお願いしたい。

だいたい物事は、こそこそ隠れてやるから怪しまれたり、変な目で見られたりもする。怪しくて変な事でも正々堂々とやると、大した物に見えはしない。一人や二人に見られたところで、犯罪でもないし、どうってこともないだろう。カメラを構えたおれを見て、旅行雑誌の撮影か何かだと思うくらいだ。

❖

旅ガイドなどでは秘湯と謳われる赤城温泉郷にも、師走ともなれば忘年会の客は来る。近くには国定村の侠客、忠治の岩屋。赤城行脚の行者の修行場、滝沢不動尊。その上には落差五十メートルの不動大滝の雄姿が見える。しかし山伏川は別の流れで、車を駆ってさらに上流に三十分以上、ガードレールのない狭道をたどらなければならなかった。

由紀江は平日の十一月二十八日午前九時過ぎ、滝に入り、水垢離をはじめた。夫は代休、義妹は午後からの勤務と、とどのつまり、ふたりを巻き込んでの決行であった。風はなく、水色の空にうっすらと雲が掃かれていた。

由紀江は頭上に岩棚を頂いて、幕状に弧となった瀑布を浴びた。白衣の胸で合わせた手を盛んに前後に振っている。目は伏せて、何か唱えているようにも見えた。水はやさしく体を打ったが、冷たさは容赦なく肌を噛んだ。足はくるぶしから、千切れないのが不思議であった。

信行は膝をついたり岩に伏せたり、盛んにシャッターを切っていた。

藹は赤岩の影で荷物と焚き火の番に当たり、晩秋の惑乱に声も無かった。

どれくらい経ったのか、由紀江は全身が氷になったと感じ、垢離を終えようとした。ところが滝を逸れようとして、体が硬直して動かせないのに気がついた。何度試みても、足は一歩も踏み出せないし、合わせた手も自分の意思とは無関係に、胸の前でかってに前後に振れている。助けを求めはするが、口も言うことを聞いてくれない。もう一時間もこうしているのに、信行と藹はどうしているのか。このままでは死んでしまう。大声で泣いて叫んでいるのに、ひたすら祈りの姿勢のままでいる。祈りの姿勢のまま、滝に打たれて死んでしまう。由紀江は恐怖にとらわれて、絶望的なもどかしさに気が遠くなるのを感じた。

氷の刃千本に貫かれ、苦痛に呻いた。死ぬ死ぬとつぶやきながら、しかし由紀江は、徐々にこの有り様を受け容れはじめていた。誰のせいでもない、他ならぬ自分が招いた事態ではないか。こうして不意にあっけなく、人は死ぬものらしい。由紀江はついに氷結に、血と息の根を止められたと思った。

するとどうしたものか、氷の刃は抜かれ、いっさいの苦痛が遠のいていた。なぜか座禅を組んでおり、滝には相変わらず打たれている。単調で快適な音色が、どこから聞こえていた。もっとも不思議なのは、目を閉じているのに周りが見え、感じられることだった。周囲の岩石はすべてオパールの採光を放ち、眩しいのに眩しくなかった。座禅を組み、滝に打たれる自分の下には何もなく、宙に浮いているのが分かった。この浮世離れした居心地が、永遠に続かないものかと考えていると、周囲がゆっくりと動きはじめた。

気がつくと由紀江は、緑深い蓮の葉の台《うてな》に乗って悠揚と回転し、流れに浮かんでいた。

撮影に一段落つけ、信行は赤岩の影に引き上げて来た。拾った木切れを焚き火に放ったとき、藺が訴えるように言った。

「ねえ、由紀江さんだいじょうぶかな。そろそろ三十分になるよ」

シャッターを切っているときは夢中だったが、言われれば信行も不安になった。白衣の妻をあらためて見れば、合わせた手は胸もとより下がり、震えは止まって落ちついていた。行が佳境に入り、絶対的な静寂といわれる涅槃《ねはん》に達したわけでもあるまい。しかし麻痺して気を失ったなら、立っているのはいっそう不可解なものだが。

信行と藺は、滝に打たれる由紀江に駆け寄り名前を叫んだ。しかし由紀江は、聞こえないのか麻痺しているのか、ぴくりとも反応しない。ただ体が微妙に前後して、無意識にバランスを保つと見えた。

まずい！　信行は妻の名を呼び、上着を脱ぎ捨て滝に飛び込んだ。抱きかかえた氷の妻は紫瘢の顔色で、ぐったりした無反応は仮死を思わせた。そのまま抱きかかえて行って赤岩と焚き火の間に下ろし、白衣をはぎ取った。藺も手伝って下腹部にタオルを巻き、坐らせた形で後ろから抱きかかえた。

信行はともどもに毛布に巻かれ、左腕を妻の乳房の下に回し、右手で腕や腹部を摩擦した。何とか気を取り戻させようと、繰り返し名前を呼んだ。妻の背中の冷たさが、腹と胸から凍みてきて、互いの皮膚が氷結し、癒着したかと思えた。

繭は足もとに膝をつき、毛布に手を差し込んで、由紀江の足を揉みしだいていた。足で回復した血行が全身をめぐり、温めるのだと、こんな際に能書きを言って、義姉の名を呼んだ。

やがて由紀江の唇から、かすかな呻きがこぼれた。信行は激しく妻の肩を揺すり、繭は義姉の頬を張った。すると由紀江の頬がぴくぴくして、わずかに目を開けた。何か言おうとするらしかったが、麻痺は容易に溶けなかった。

もう大丈夫だ。信行は安堵した。車で三十分下れば露天の温泉がある。温泉の湯に浸かれば、氷の芯も虚しく消えるだろう。彼は妻の顔に頬を寄せ、声はなかった。

泣く人形

師走初旬の深夜、月明かりがカーテンの隙間から、小屋の中に差していた。

市朗は用をなさず、雛子は苛立ってなじりはじめた。

――何だって使ってなきゃ駄目になるの、役立たず。

あなたこのごろ逃げてない、あの女から。あんたが言ってやらないからあいつますます付け上がって、この間とうとう子づくり祈願の水垢離までしたんだよ。家の連中はバカだから、みんなあの女に振り回されて、正気を保ってるのはわたしだけだよ。

何とかしなきゃ駄目！

水垢離なんてのはただの真似事だけど、一方じゃ是が非でも子どもつくってこの家乗っ取ろうっていう本性の顕れなんだよ。

いつも言ってるだろう。あいつは役者。食わせ者だって。みんな騙されてんだ。見せかけなんだよ。夕飯をいっしょに取るのを止めて、つぎの一手が水垢離だよ。家の連中はそれでたじたじ。バカったらありゃしない。ポーズに騙されて……。

何とかして！

ねぇ、聞いてんの。それとも怒ったの、役立たずって言われて……。

市朗は窓に向いて坐り、雛子に背を向けて押し黙っていた。

雛子は常に相手の細やかな反応を見て取りながら、舌先を弄し、操作するのである。相手の様子が見えないのは、彼女にとって不気味であった。

——こっち向いて何とか言えば。さんざんこの体に世話んなっといて……。

市朗はごく自然に雛子に向き直ったが、雛子は驚いてとびすさった。茶箱の祭壇に突き当たり、二体の人形がまろび落ちてきた。市朗はそれを左右一体ずつ拾い上げ、傍らに置いた。それから正座して、雛子の前に額《ぬか》ずいた。

「な、なんの真似なの」

「かんべんしてください雛子さん。かんべんしてください」

闇の中で市朗は、いっそう深く額ずこうとしたものか、かえって背中が丸く持ち上がった。

「そこがバカなのよ。ナニヲ、カンベン、スルノ」

市朗はしばし語りあぐねていたが、ようよう口を開いた。そのくどく間だるっこしい訥弁《とつべん》を継ぎはぎして筋を通すと、

――わたしはもう二度と、あの由紀江奥さまに、無礼な口はきけません。死んでもきけません。あの奥さまは、ただの人ではありません。わたしはあの奥さまは、神さまの化身だと思います。

この暗い闇の中ですが、この二体の人形を見てください。この人形はいつか話した通り、若旦那さまが燃やしてくれと持ってきたものをわたしがもらったのです。それはこの二体の人形がわたしに笑いかけていたので、とても燃やすことなど出来なかったからです。それでわたしはこの人形をそこに祭ったのです。わたしがこの人形を愛しく感じますのは、やはり何かの縁かと思います。わたしはこの屋敷の方々のように、由緒のある家の者ではありません。わたしの由来をたどれば、必ずどこかの山奥の馬の骨だと思っています。

わたしは思いますが、由緒のある家には由緒のある神さまがありますように、馬の骨には馬の骨の神さまが、あるように思います。そしてもし馬の骨に神さまがあった

なら、それはここに居ります二体のように、粗末な身なりの神さまだと思います。ところがこの馬の骨の神さまですが、いつも笑ってばかりではありません。ひどく悲しい顔をして泣いたり、ときには怒った顔も見せるのです。そうするとわたしは神さまを慰めるために、小豆や大豆や米などを供えるのです。そしてなぜ悲しいか、なぜ怒っているのか、理由は分かりませんが、どうか心をお鎮めくださいと祈るのです。

わたしの神さまはいつも祈りを聞き届けてくれますが、じつはわたしにはだんだんと、神さまが悲しんだり怒ったりする理由が分かるようになったのです。それは恐ろしいことでした。

わたしに縁のこの神さまが、どうして由紀江奥さまにも縁があるのか、失礼ですが不思議なことです。そうなんです、ほんとうに不思議なんですが、この二人の神さまは、あの由紀江奥さまの身を案じて泣くのです。

わたしが由紀江奥さまに不実の口をききますと必ず、このおふた方は怒った顔になるのです。このおふた方が悲しんで泣くときは、きっと由紀江奥さまに深い苦しみがあるときなのです。わたしには次第にそれが、分かってきたのです。

そしてわたしにはどうしても、この神さまを悲しませたり、怒りを買ったりするようなことはできないのです。だからどうか、どうかお許しください。ご勘弁ください。この通りです。

雛子は市朗がしたように二体の人形を左右の手に持ち、目の前にかざした。闇と光のかげんか、心なしか人形が自分を憎悪し、歯をむいているようにも思えた。

「バカ!」

雛子は人形を額ずく市朗に投げつけた。

「こんな物のどこが神さまなんだい。ふざけんじゃないよ。さんざん人の体もてあそびやがって、おまえまであの女に付くのかい。みんなでわたしをいじめやがって。何とかしてよ!

市朗、騙されるんじゃないよ。食わせ者なんだよ、あいつは。役者だって言ったろう。何とかしてよ!

ねえ、何とか言うんだよぅ」

雛子は市朗ににじり寄り、拳で打った。

市朗は甲羅を被った亀のように動かなかった。

やがて石を打つような虚しさに、雛子の手が止まった。放心した面持ちで力なく坐り、しばしあらぬ方を見やっていたが、そのうち目がすわり、妙にどすの利いた声になると、

「不思議でもなんでもねえよ。あの女は白神の馬の骨なんだよ。貰いっ子だよ、貰いっ子。おまえと同じ。山から貰われて来た子なんだ。それが証拠にゃ里に帰らないだろ。向こうからも来やしねえ。実の親子じゃねえからだよ。あいつが帰るところは、その馬の骨の神さまがいる、お山しかないいんだよ。だからあいつは必死になって、この大沢の家を狙ってるんだ。それが分かんなきゃ死ね！」

雛子は立ち上がりざま、市朗の左耳に獣のように爪をたてた。寝巻の裾をひるがえし南側の窓に跳び乗り、いちど小屋の内を顧みた。月明かりに浮かぶ影は奇怪にして妖艶であった。ただ突っ掛けは、手に履いていた。

雛子が小屋の西側を抜けて外便所の前に出たときであった。ちょうど土蔵の前にいた娘と母親にばったり鉢合わせしたのである。

母子三代の女たちは、しばし驚愕のために口がきけなかった。

数十分前のこと、幸造ととみ子の寝間に孫の綾香がやって来て、母がいないとべそをかいた。怖い夢を見て一階の母親の部屋に行くと母が居らず、隣の曾祖父の部屋にもいなかったと訴えたのである。とみ子が孫を伴って台所にいくと、裏口から出たのがわかったので、心配する孫に付き添って様子を見にきたところであった。

とみ子と綾香は、寝巻にカーディガンを羽織っていた。雛子は突っ掛けこそ足に履き直していたが、小屋の裏を抜けるさい、裾をはしょっていたので、寝巻ははだけたままであった。

「なんだい、お前。その恰好は……。どうしたって言うんだい」

とみ子の声は震えていた。

綾香は雛子を恐れるように、祖母にしがみつきながら、後ろに回り込んだ。痩せて小柄な雛子はショートヘアである。細面に切れ長な目、薄い唇は、青白い光の下ですでに狐であった。

雛子は爪をたてた十本の指を胸の前にかかげ、何かをひっ掻くしぐさを見せて唸った。その唸り声は、食いしばった歯の奥から出る噴射音で、人のものとも思えなかった。雛子が両手を頭上に母と娘ににじり寄ると、二人は腑抜けた悲鳴を上げて、よろめき倒れた。

うずくまった二人に覆いかぶさるようにして、もうひと唸りしたとき、東の離れに灯が燈った。

❖

滝に打たれて死にかかった由紀江は、それから毎晩と言わず昼間でも、夢の訪《おとな》いを受けていた。それはひどく曖昧なたまゆらであっても、どこか通常でない霊霧を帯びていて、それと感じられるのであった。意味も自ずと分かるものと分からないものとがある。

死んだ大沢家の柴犬、ドンスケとサチが頻繁に夢に出た。常に二匹で出て、ただ姿を見せるだけのときもあるが、以心伝心で要件を告げてきたりもする。それによると、自分たちは生前ドンスケ、サチという名をもらっていましたが、死んで名を失い、いまは二匹で一つの名、阿吽《あうん》をいただいております。主人市朗によりまして桑原跡に手厚く葬られましたが、ある導きによりまして普段はここより三里下にあります蚕飼《こがい》神社分社。そこの狛犬に依り憑いております。

死んで阿吽の名をいただくまでの間、ドンスケとサチの霊は常にあなたに侍《はべ》っておりましたが、阿吽となってからは社の邪気退散を仰せつかり、常にとはまいらなくなりました。そこで危急のときは、霊験あらたかなる呪文―クワバラクワバラ―をお唱えください。阿吽は生前の縁によりたちまち参上し、あなたを守護し、走狗ともなりましょう。

またあるときは鈴と太鼓の音と素朴な歌声が幽に響いてきて、女が現れる。女はいつも着物に頭巾という出で立ちで、やはり口は閉じたままで伝心してくる。

わたしは名主の家に生まれましたが、わけあって春駒の旅芸人となりました。村境の桑原で行き倒れ、ありがたくも小さな慰霊塔に祭られております。

生前この家には年ごとに厄介になり、そのお礼にとある年、蚕神の御神体を献上いたしました。桑の木で作られた一対の粗末な人形です。この神は養蚕精進を強いるため、精進を怠ると咎め立てもあるのです。いまは養蚕も衰え精進の要も無しと見えても、生糸一本で命脈は保たれます。また仮にその一本が切れてしまったとしても、ついい先日までこの国を養った蚕の神を徒《あだ》やおろそかに執り成しては、罰が当たらぬほうが不思議というものです。そこで縁にすがって、この家に献上した御神体を守護してくださるようお願いいいたします。御神体には火難の相が見え、それから守るのがひとつ。それからもうひとつには、御神体は蚕の神さまで、蚕の神さまは女人の神さまなのです。取扱は女に限られ、男子の目に触れることは禁忌となっています。来る初午の日に、どうかあなたの手によってお祭りください。

こうした夢を由紀江は、あの水垢離の体験が触発したものと考えていたが、その目的であった美佐子の浄霊は成ったのか。美佐子の穢れは祓われたのか、由紀江に確信はなかった。夢にも兆候は、なんら現れなかった。

❖

狐憑きとなって母と娘に襲いかかろうとした雛子は、離れに灯が点くと身を翻して逃げた。母家の裏口から自分の部屋にかけ戻り、布団を引きかぶって寝た。

とみ子は綾香に、お母さんは病気になったと言い聞かせ、寝かしつけた。それから夫を伴って雛子の様子を見に行ったが、娘は呼びかけに応えず、是が非でも布団を剥がされまいと顔を覆っていた。

とみ子と幸造は台所のテーブルで話し合った。もし夜這いの相手が市朗であっても、市朗に責めはないだろうこと。雛子に御祓いを請けさせること。御祓いは狐祓いより、綾香を宥めることが目的であること。それに雛子の御祓いは、絵描きで滝行者の問題嫁を執り成す、最後のチャンスかも知れないことなどである。すでに五時をまわり、夫婦は床に戻らなかった。

とみ子が雛子に朝食を告げに行ったときも、雛子は布団を引きかぶったまま無反応であった。

綾香は恐怖に竦み、それでも母を心配しつつ、とにかく学校には行った。

藹は何かあったのかと尋ねはしたが、深入りはせずに出勤した。

耳の遠い祖父の治作は、いつもと変わらぬ朝であった。

幸造は午前の仕事をキャンセルし、とみ子とともに、雛子が食事に現れるのを待った。しかし十時半を回っても雛子は食事に現れず、午後は在宅できない幸造は、雛子の部屋に出向くことにした。

大沢家の当主たる父親が、本気で怒ったときの凄さを、長女はよく知っていた。それは憤怒の塊が忘我の境で鬼と化し、狐も逃げだすほどのものである。

「はいるぞ」

このひと言で、狐はいっとき退散した。

「そのままでいいからよく聞け」

底ごもりした声に、雛子は布団の中で身を竦めた。

「狐をぶっ殺すくらいは朝飯前だがな、それじゃ綾香がかわいそうだ。綾香のために御祓いを請けろ。いいな」

布団をかぶった頭がハイハイと、素直に二度うなずいた。


幸造はいわゆる加持祈祷の類をまったく信用しない、という人間ではなかった。村会議員の顔で、近辺の村々を含めても、ある種の霊的治療ならこの人という、整体治療院を営む人物を直接知ってもいた。そして当のその人物自身から、じつは狐憑きの治療はなかなか難しいと、漏れ聞いてもいた。寛解はするが、完治というのはないと言うのである。

その人物が言うには、その症状を狐憑きと名付ければ、狐憑きは自分の分身をつくって操るのだと言う。分身を数々つくってうまく操っている限りは、当人に狐憑きの症状は出ない。ところが分身がお役御免を願い出たりして操作が破綻すると、その分に応じた症状が顕れるのだと言う。したがって分身が次々に役目を返上して完全な機能不全に陥ったりすると、その狐憑きは逆上して物の怪立つと言うのだ。

議会の議員を考えただけでも、幸造にはこの霊能者の言うことが本当と思えた。議員と言わず、自分と娘を顧みても明らかだった。つまりは誰にも狐が憑いており、要は症状として顕れているかいないかの違いなのか。

幸造のこの問いに、五十年輩の霊能者福田源治は、
そう考えてもいいのだが、じつは自分は実態としての狐の霊、つまり動物霊の人間への憑依も否定しないと、意味深なことを言う。

ただ一般的には支配的、操作的な人格が、潜在的な狐持ちだと自分は考えている。ギブ&テイクではなくて、テイク&テイク。持ちつ持たれつではなくて、持たれつ持たれつ。人の楯になるのではなく、人を楯にするタイプ。人の褌で相撲を取る奴。まあいわゆる、ずるい奴が人狐予備軍かと思う。

こうした次第で大沢幸造は、たとえ顕著な効果が見られなくても、長女雛子を福田源治に診てもらおうと決めていた。しかしその前に、もう一つ気掛かりがあった。神

社の婆さんの姉、小暮クニである。

幸造はある意味では小暮クニに、命を拾ってもらっていた。昔クニに憑いたという霊の進言を容れて、ある花見をキャンセルしたところ、行けば自分も乗っていたであろう車が事故を起こし、運転手が死亡した。そのことを幸造は、忘れてはいなかった。

それともう一つは、そのクニが雛子を狐と断じて誹謗したことである。公民館で行われる区の集会などに、雛子はめったに出はしない。おそらく綾香の子供会の世話くらいのことで、二、三度行った程度のはずである。むろん人には直観があって、第一印象でキツネと感じることもあるだろう。しかしクニの感受する印象というのは、ふつうの人のそれと同じものなのかどうか。なにもタイプや性格としてのキツネなら、雛子ばかりではあるまいと思えるのであった。

❖

幸造は霊能者福田源治には自分で連絡を取ることにして、神社の小暮さんの方は細君のとみ子に、何か参考になる話でも聞けないか、今日の午後にでも出向いてくれと言い置いて、昼前に家を出た。

由紀江にとって、死んで阿吽となったドンスケとサチが夢に出て、自分を守ってくれるというのは嬉しいが、春駒の旅芸人だったという頭巾の女の懇請は、いささか頭痛の種ではあった。

大沢家において、由紀江は期待の嫁を逸脱し、義父母との関係も、塀の上を歩くような危ういものとなっていた。

御神体を探し出して、由紀江の手で祭れという女の願いの実現は、塀を踏み外すことを意味しはしないか。女主への名乗りになりはしないか。自分が主だと宣することは、図らずも雛子の妄想を見事な明察に変えてしまうのである。

雛子は市朗を駆使して、注進放言していたではないか。

——あの女はこの家を乗っ取ろうとしている。財産を狙っている。

——ほら、わたしの言ったとおりじゃない。ついに本性を表したわ。

雛子は鬼の首でも取ったように勢いづくだろう。

それを甘んじて受けるとしても、憂鬱の種はまだ尽きない。

そもそも絵に凝っているのさえ、いささか気兼ねなのだが、この度は水垢離で一騒がせさせてしまったし、その上つぎは御神体騒ぎなのかという気もあるのである。水垢離は子づくり祈願に託《かこ》つけたが、夫や義妹はもちろん義父母すら、そのままずんなりとは信じていないのである。

由紀江がこうして二の足を踏みながら数日を費やしたある日のことであった。絵の彩色に疲れ、まどろんだとき、あの二匹で一つの名となった阿吽が顕れて盛んに吠えたて、由紀江のまどろみを破ってしまった。

由紀江は仕方なく、外気を浴びて目を覚まそうとサッシ戸を開けると、妙なきな臭さが鼻を突いた。それは右手から流れてきて、見ればうっすらと黒煙が漂っていた。と、市朗の小屋の引き戸の隙間から、それはもくもくとわき出ているではないか。

火事！　あっ！

由紀江は春駒の女が、御神体に火難の相があると言っていたのを思い出した。しまった！

すぐさま跳び下りて駆けだしたとき、何かに足をぶつけて激痛に呻いた。

気がつくと由紀江は、リビングテーブルにしたたか脛をぶつけていた。顔をしかめ、痛む右足を引きずるようにしてサッシ戸を開けてみると、小屋はいつものとおりにそこにあり、師走の風が、切るように頬を撫でた。

すると春駒の女が言っていた蚕神の御神体は、市朗さんが持っているのか。由紀江はいぶかしくも思ったが、もしそうなら、今度は騒がず人知れず、春駒の女の願いを叶えることができるかも知れないと考えた。そうだ、彼女はその御神体について、桑の木でできた一対の粗末な人形と言っていたではないか。粗末な物なら、小屋にあっても不思議はない。由紀江はすぐにでも探し出して、その人形を見てみたいという気持ちに駆られたが、空き巣の真似はできなかった。火事の夢のせいだろうか、なぜか気が急いて、市朗が木の葉かきでもしていないかと、こっそり母家の裏に回ってもみたが、彼はいなかった。けっきょく由紀江は四時間待って、市朗の夕食の時間、小屋の戸を叩くことになった。

「食事中ごめんなさい。あのぉ、玉ねぎが欲しかったんだけど、勝手に持っていっちゃ悪いと思って」

市朗が親切に軒下の玉ねぎを取り分けてくれたあと、由紀江は唐突に切り出した。

「市朗さん、あのぉおかしなこと聞くんですけど、この小屋の中に何かこう、人形みたいな物がないかしら。桑の木でできていて、二つで一組らしいんだけど……」

「ちょっと待っててください」

由紀江が玉ねぎを持って呆気に取られていると、市朗はすぐに茶箱を抱えて戻って来た。

「運びます」

「あの、それ……」

「奥さんの人形だって、分かりました」

市朗はもうすたすたと離れに向かって歩きはじめた。

由紀江が玄関を開け、市朗が上がり口に茶箱を置いた。

「いいんですか」

「旦那さまに、預かってました。奥さんのものです」

そう言ってもう玄関の戸を閉めにかかった市朗に、由紀江はあわてて礼を言った。戸が閉まったあと、由紀江はしばし呆然として茶箱を見下ろしていた。しかし間もなく奥に行くでもなく、上がり口にそのまま腰を下ろして、固唾を呑んで茶箱の蓋を取った。

二体の御神体は、前後左右を丸めた新聞紙に保護されながら、雛人形然として端座していた。黒光りした数珠色の頭部と、首から下は薄汚れた布で着膨れていた。

その質素で健気な様にいとおしさを覚え、由紀江は左に端座した人形を手に取った。掌に乗せ右手を添えて、しみじみとその顔を拝んだ。切れ長な目と開いたおちょぼ口。ややおでこで、鼻と頬も低くはない。髪はなくて坊主なのだが、由紀江は女人という印象を持った。彼女を傍らに置いてもう一体の人形も、同じように手に取って眺めた。顔だちは似ているが、やはりこちらは男子であろう。ちがうのは、ちょうどドンスケやサチのような感じに耳が立っていることで、しかし顔は人なのであった。口を開いているせいか、二体ともに邪気のない笑みをうかべ、見ているこちらも嬉々として戯れさせる表情であった。

人形を箱に納めて蓋をすると、由紀江はこの御神体に対面できてよかったと、あらためて思った。そしてあの春駒の女のためにも自分の手で祭りたいと自然に思えた。この家縁の御神体を嫁の自分が祭るのは僭越であろうという気持ちは依然あった。しかし幸いこの蚕神の御神体は女の神で、男子の目に触れるのは本来ではないということであった。夫の目にも触れさせぬとなれば、仕舞ってしまうしかないことになる。そうすると初午に祭るというこの御神体は、ちょうど雛祭りの日に雛人形を飾るように、初午の日にのみ飾るのが本来なのではないか。一日限りの主なら、このさい目を瞑ってもらおう。いずれにせよ、いまは当面どこかにお忍び頂かなくてはならないことに変わりはない。

すでにいつ夫が帰宅しても、おかしくない時間になっていた。由紀江は茶箱をかかえて、寝室の押入れを目指した。

女夜叉

大沢とみ子は中背で小太りである。よそ行きの服を着ると、抜け目のなさそうな目に土の香りが漂うといった婦人である。今しも葛川の橋を渡っているが、後ろには一輪車に白菜を積んで、市朗が従っている。

とみ子は何かの決戦に挑むかのように、一心に前を見つめていた。市朗はどこか深刻な面持ちで、顔を伏せていた。二人は赤城山も鎮守の杜も賽銭箱も見ないまま、小暮さんの家の前に着いた。

挨拶を終え、白菜を渡し、市朗を帰すと、とみ子は由紀江と同じく、東の窓を背にして坐った。

小暮さんが茶の用意に立っている間、クニはおとなしかったが、人見知りでもするように、とみ子と目を合わそうとしなかった。

茶が入ると、嫁の話は避け、世間話もそこそこに、とみ子は相談の件を切り出した。

――恥を忍んでお話しますが、家に戻っております長女についてうかがいたいんです。御存知のようにあの子は……こちらのお姉さまにキツネと言われたりいたしましたが、じつは昨晩、というか今朝早く、実際に狐が憑いたような有り様になりまして、わたしもたいそう恐ろしい思いをいたしました。

あの子は前に、何かの行事でこちらに伺ったときに、お姉さまが松の根に躓いたのをつい笑いすぎて、その意趣返しにキツネにされたと言っておりました。またわたしも親の不明で、そういうこともあるだろうと深くは考えませんでした。ところが実際今朝の有り様を見ますと、あの子は何かとても悪い病気か、さもなければこちらのお姉さまが言ったとおり、狐というか、何か悪いものが憑いているのではないかと、ふとそんな考えにも、とらわれるようになった次第です。

そしてもしそのような物が憑いているのであれば、親としてはどうしても除いてやりたいと、こうして藁をもつかむ思いで、恥を忍んで相談に伺ったようなわけです。

お姉さまに伺いたいのは、あの子には実際にどういう物が憑いているのか。そしてそれは、追い払うことができるのか、といったようなことなんですが。

何かこう、お知恵を拝借できるでしょうか。

とみ子はもちろんこの相談を、クニの妹、小暮チヤに向かって持ちかけていた。

話のあいだ姉のクニは、相変わらずおとなしくはしていたが、どこか焦点の定まらぬ目をあらぬ方へ向けて、聞いているのかいないのかは定かでなかった。

チヤはとみ子の前で、目に見えて恐縮した表情を浮かべた。そしてまず、姉のクニについて話しはじめた。

——姉はご覧のとおり、いつもはけっして衆に優れた者ではありません。まったくその反対です。常の人の地平には居らず、どこか違う位相に行っているようで、捉えどころのない人です。けれどどうかすると常の人の地平に舞い戻っているときがあって、そのときは『お知らせ』とでも言えばいいのか、ひどく穿ったことを言って人を驚かせたり、また後から考えると『予言』だったのではと思えるようなことも、口走ったりいたします。

またあるときは、どこか別の位相に行ったままで、ひとりでぶつぶつ延々と、何かつぶやいていたりもします。

それから姉には、かなり頻繁に何らかのものが依り憑いているように見え、そう見えない時間と比べますと、半々くらいかと思えます。人は精神作用の表れとも言いますが、わたしがつぶさに見ておりまして、物の怪とは言わず、実際に何かの霊が乗っていると思えるときが、ときにはあります。

わたしはそれをこの人の霊的な能力だとも思っています。ただ問題は、姉自身にはほとんどその自覚もなく、つまりその能力をコントロールはできずに、まったく受け身で支配されるままだということです。

そういうわけでまことに恐縮ですが、この姉が雛子さんに憑いているものを判断したり除霊したりするといったことは、まったく無理なことなのです。

わざわざ足を運んでいただいたのにお役に立てなくて、ほんとうに痛み入ります。

とみ子はいささか憮然の体に見えたが、みやげ代わりに姉クニのつぶやきを聞き咎めることにした。

「オシラサマが帰ってくるって、どこに帰って来るんですか」

問われたクニは、とみ子を見ぬままに閉口したが、それまでの呟きを繰り返すばかりであった。

――オシラサマが帰ってくるぞ。どこに帰ってくる。オシラサマが帰ってくる……。

「キツネは？　わたしの家に、あなたがキツネと言った娘がおりますが、娘のキツネは、娘に憑いた狐は、除けられますか」

クニは声に驚いて振り向き、やや非難めいた面持ちでしげしげと、とみ子を見た。そのまま発言をやめてしまい、とみ子が嘆息を漏らすと、気の毒に感じたのか、チヤが言った。

——あまり助けにはならないと思いますが、姉は失礼にも雛子さんをキツネ呼ばわりなど致しましたが、じつは姉自身にキツネらしきものが降りていると思えるときは、決して少なくありません。自分でどこの稲荷の狐か名乗ったときもありますし、本当にいかにもキツネと思わせる仕草を見せもします。

キツネが喋るというのもおかしなものですから、わたしなどはやはり、人の霊がキツネを騙るのかとも考えたりいたします。

これまでに姉に降りましたキツネを名乗る霊は、まともと言っては変ですが、いかにも怨霊が憑いたといったような、いわゆる物の怪立った気配というものを見せたことはないんです。甘酒が飲みたいとか、小豆を出せとか、多少わがままなことは言いますが、話にはそれなりに筋がとおっていて、またこちらの言うことにも、聞く耳を持っています。

祠を壊されて居場所を失ったとか、水も食べ物も供えてくれない、黴の生えたものをいつまでも置いておくとか。

こういったことは人間的な愚痴と大差ありませんし、斟酌すれば質素な要求だと思います。俗に『祟る』とか申しますけど、『祟る』分には、神仏も物の怪も、ふつうの生きた人もいっしょだと思います。また『天佑神助』なども申しますが、わたしはこちらの態度如何によっては、『物の怪の助け』だってあると思っています。

いたずらに憑き物を恐れるのは、かえって物事の解決を遠のかせるだけだと思います。憑き物をなだめて、よくよく言い分を聞いてみるといったことが、もっとも肝心ではないでしょうか。

もうひと昔も前のことで、覚えておいでかどうかわかりませんが、姉に懸かった人が、川向こうの大沢さんに、千本桜のほか花見は行くなと伝えろと言って、伝えなければ帰らないと言うんです。それでわたしが伝えに行ったわけなんですが、帰ってきたら姉の懸かりは外れておりました。この憑き物などは名前も言わず、大沢さんと縁の方ですかと尋ねてもよそ見をしているばかりでしたが、わたしが要求を聞き届けたら、あっさり退いてくれたんです。

後になって大沢さんが行くのを止めた花見で不幸があったと聞きましたとき、わたしは案外あの『お知らせ』をもたらした憑き物は、大沢さんでお祭りしている屋敷稲荷ではと思ったりもいたしました。もしご先祖様や縁の方でしたら、こちらの問いに頷くくらいのことはあると思いますから。

ですからわたし、キツネ物の怪といっても、神仏と同じだと思います。正しくもてなせば聞き分けてもくれますし、功徳もあると思います。

雛子さんに憑いたと見えるものが、どういう素性のものかは知りませんが、よくよくこちらで聞き分ければ、きっと分かってくれると思いますよ。こちらで除けなくても、向こうで退いてくれると思います。どうか力を落とさずに、そのものを説得なさってみてください。きっと功徳があると思いますよ。

大沢とみ子はチヤの話を聞き分けて、説得されて帰っていった。

❖

冬至であった。

午前十時に、由紀江はスケッチブックをかかえて家を出た。彩色もすべて終え、一冊完了したのである。構図は同じなのに、どの絵も違う。美佐子のイメージ。オシラサマと赤城山に抱かれた葛川。繭の中で眠る女。

前に見せに行ったとき、小暮さんの所望に応じて一枚進呈しようとしたところ、姉さんが全部欲しがってしまい、結局一枚も進呈できなかったのであった。こんども全部欲しがったなら、由紀江はスケッチブックごと預けてしまおうと思っていた。

この日、澄みわたる空に赤城おろしが凄まじく、葛川の橋にかかると、雲を千切って乱舞していた。

神社からの帰途、由紀江の手にスケッチブックはなかった。しばらく絵から離れたかったので、気持ちはこの空っ風のようにさばさばしていた。絵については年末年始は充電期間として、春からは日本画に踏み切るかどうか……。

由紀江がそんな思案に歩みをゆるめていると、前方大沢家の屋敷の前で、一台のタクシーが停まった。

降りたのはやや小柄と見える中年の男で、茶のスラックスに青っぽいジャケットを着ていた。男はしばし門構えに眺め入ったあと、屋敷の中へと入って行った。

福田源治は整体治療院を営む者で、加持祈祷を生業《なりわい》とする者ではなかった。九歳のとき原因不明の熱で生死の境をさまよい、その後、図らずも霊的な力を帯びてしまい、長じてその種の相談にも、乗る羽目になったという。

福田は最初、真似事でもいいから祈祷をしてくれないかという大沢幸造の要求をきっぱり突っぱねた。物の怪立った母親を怖がる、九歳の娘の不信を払うという趣旨は、むろん分からないではない。しかし物真似は自分の趣味ではないし、子どもの純真な目を欺くのも難しい。不信の上乗せが関の山だろう。

自分のやり方というのは、あくまで流れの中で決まっていく。まずは人物、場所などの言わば診断からはじめて、その上で必要となれば、経も唱えれば祈りもする。望ましくはないが、最後の手立てとして調伏《じょうぶく》の心得も二、三ある。これが自分のやり方であり、ひとたび着手したならば、いっさいをこちらに仕切らせてもらうのでなければ、他を当たってもらいたい。

福田の明答に異存はなく、祈祷への拘りも消え、幸造はこの件一切をお任せすることを約して、この度の福田の来訪となったのであった。

さいわい福田の自宅は、車なら大沢家から十五分ほどの隣村にあり、度々の来訪も可能であった。だから初めから屋敷の者を全員集合させるといった無理は言わず、今回は昼食の招待を受けての下見であった。

福田源治はもともと昼前に、屋敷内の下見をするつもりでいた。長屋門をくぐったのが十一時二十分ほどであったが、玄関に挨拶に向かうべきところ、屋敷内をひとわたり見渡すと、まず左手の市朗の小屋の方に向かった。辺りをキョロキョロ見回して戸をノックすると、無造作に開けた。しばし内部を瞥見したが、そのまますぐに戸を閉めて、土蔵の方に向かった。土蔵と小屋の間に外便所があり、福田はそれもひとわたり瞥見した。それから土蔵を見て、母家と土蔵の間を通って裏に行こうとしたところ、ふと背後が気になってふり向くと、門の手前に立ってこちらを見ている由紀江と目が合った。

土蔵の前の怪しい男が頭を下げたので、由紀江も返した。それでも不審に思っていると、男がこちらに向かってやって来ようとした。すると母家の玄関が開き、義母が飛び出してきて男をつかまえた。

間もなく主人も戻ってくると言って、家に招き入れようとするとみ子に、福田はさきに挨拶に行かなかった非礼を詫び、承諾を得て下見を再開した。

土蔵の裏の竹藪に屋敷稲荷が祭ってあることは幸造から聞いていた。お供えをするのは一日と十五日のみで、掃除ともども作男に任せてあるということであった。

福田源治が母家と土蔵の間を行こうすると、リスのように後足で立った白いキツネがちょこまかとやって来て、逃げたかと思うと土蔵の陰から顔だけ覗かせた。かと思うとさっと横切って母家の裏に消え、また横切って土蔵の陰からこちらを見ている。その様はこちらを怖がって慌てているようでもあった。

福田がかまわずそちらに歩いていくと、一体の白狐が足早に、笹落ち葉の上を藪の方に走った。と思うと、また一体が目の前を横切って行く。

北風に竹藪が笛のように唸り、福田はその中に小さな祠を見つけた。すると祠の前からうっすらと靄が立ちはじめ、まもなく一体の白狐が淡い像を結んだ。背に祠が透けて見えたが、白狐は前足をかかげ後足で立ち、一心にこちらを見ていた。すると後ろから福田の脇をすり抜けて、また横合いからも一体の白狐が飛び出して、それぞれ祠に飛び込んだ。するとまたうっすらと靄が立ち、それは白い煙となって目の前の白狐に吸い込まれ、その影を濃厚にした。

福田が目を見張っていると、濃くなった影が左右に分かれ、三体に分裂した。それがまた一体に戻り、左右交差するようにまた三体になって、ふたたび一体になった。

ここですかさず福田は言った。

——わたしは、福田源治というものです。故あってお尋ねしますので、どうかお答え下さい。あなたはここの屋敷稲荷さまでいらっしゃいますが、先日この家の長女の方にお憑きになったのは、あなたでいらっしゃいますか。

——……お憑きになったのではない。あの者の中にある心霊に、あの者の外にある神霊が、呼応したに過ぎぬ。お主もわしの姿が見えるのであれば、それくらいのことは分かるであろうが。

——はい、よく分かります。その呼応がこの世界、物質界に反映されますと、じつは物の怪というものになって具現いたします。それがつまり『お憑きになった』ということなのです。

——そうか。なればわれらは『お憑きになった』ぞ。

白狐はそう言いながら、また三体に分身した。

——実は今日伺いましたのは、その『お憑きになる』のを是非やめていただきたいと思いまして、お願いに上がったのです。実はわたし迂闊にも、あなた方が『お憑きになった』当人に、まだ面会しておりません。この家の長女の方だそうですが、あなた方が『お憑きになった』ために物の怪立って、娘さんや親御さんたちをたいそう怖がらせてしまったのです。

長女の方にはこれから面会しまして、心霊を鎮める方策をとりますが、これを完全に鎮めるというのは、出来ない相談なのです。ですから長女の方の心霊から幾分かの呼びかけがありましても、それに応じないでいただきたいのです。

これがわたくし福田源治の、たっての願いなのです。どうかお聞き届けください。

すでに蹲踞《そんきょ》の姿勢の福田源治は、胸の前で手を合わせ、瞑目した。

すると甲高い三重唱がこう答えた。

——バカモノ！　オヤスイゴヨウダ。

福田は感激し、思わず面を上げた。

三体は今しも、一体に吸収されつつあった。

——ほんとうですか、ありがとうございます。

福田はもう一度頭を下げた。

――嘘は言わん。お主にひとつ頼みがある。袢一式所望したい。

――袢一式、ですか。

――いかにも。わしは祭神として三狐神《ミケツカミ》を祭る、かの伏見稲荷大社の眷属として、命婦社に祭られた神の使い、白狐である。

わが主はこの家の先祖に屋敷神として勧請《かんじょう》され、代々その隆盛に霊威を揮っておったが、この代に及んで慢心が奢りとなり、見てのとおりの体たらく。遠からず犬の糞なみの扱いとなるは必定であろう。

もはや祭る気もないところに居る気もないわ。袢を身につけ、早々に命婦社に帰宗いたす。この屋敷とも無縁となるゆえ、呼びかけは耳に達せず、『お憑きになる』こともないであろう。

――するとあなたさまは、稲荷五社大明神であられる、宇迦之御魂大神《ウカノミタマノオオカミ》さまの眷属神の使いであられるわけですね。

――馬鹿者。いまそう言ったではないか。

――はい。しかしそれほどのお方がこの家の屋敷神を降りるとなりますと、この家の家運の傾きは、はやくも目に見えております。

——それがどうした。この家の没落などお主にもわしにも関係あるまい。お主の願いとは、わしがあの者に『お憑きにならない』ことではなかったのか。

——はい。それはその通りであります。ですが、その代わりにこの家が没落の憂き目を見ますのは、なんともやる瀬なく、ただ致し方ないでは、わたしの良心も痛むのです。

——いいかお主、よく聞け。

命婦社の白狐たるわしの本来の面目は、茶吉尼天《ダキニテン》の乗物としてのそれである。ダキニテンとは人の死を読み、その心の臓を食らう女夜叉のことだ。その形代がわしなのだ。

お主はわしに『お憑きにならない』でくれと言ったが、わしに言わせれば、あの女の心霊が、このわしに『お憑きになる』のだ。

『憑かれる』わしは、本意ではない。

面目上致し方なく『憑かれておる』。

面目上致し方なくこの祠に居る。

それをお主は、『憑かれるわし』に『憑くな』と言う。『憑かれぬ』ためには、ここに居らぬのが最上であろうに、ここには居れと言う。ちと筋が通らぬとは思わぬか。

――トオラヌトオラヌ。

三重唱が響いた。

福田源治は唸ってしまった。白狐の神霊と長女の心霊が、女同士で息が合っての『お憑き』と解釈したが、たしかに虫がいい。女悪鬼からは逃げねばならぬ。しかし祠には留まってほしい……。

――三狐神さま、どうかしばらく猶予を下さいませんか。この家の主にわたしからよくよく言い聞かせまして、必ずや誠意をもってお祭りするように改心させてごらんにいれます。

見れば結界たる鳥居も撤去されております。さっそくに朱塗りのものを建納いたします。そうすれば女夜叉もしばらくは、二の足を踏もうかと存じます。どうかしばしの猶予を。この通りです。

――ダメダナ。

――アキラメロ。

――ソノトオリ。

三体の白狐は、甲高い声で言いながら一体となった。それから困惑の体の霊能者に言った。

――お主はあの者に二の足を踏ませ、その間に手立てを講じようという算段であろうが、あの者の心霊は鎮まらん。

この屋敷に一年前、一番後口にて入ってきた者がある。その者は蚕神オシラに選ばれた者であり、日増しに霊威をいや増しておる。すでに狛犬阿吽を霊獣として従え、この度は御神体をも手中に納めた。来る初午には稲荷講を差し置いて、オシラ講を催すは必定であろう。それは女主としての名乗りであり、本人は与かり知らぬとは言え、十分な威嚇である。とうてい女夜叉たるこの家の長女の、見過ごしにできることではないのだ。

帰依の成らぬ夜叉は財宝を愛で、人を害するものと決まっておる。神に選ばれた者が自分を凌ぐ者であると知れば、これを虐げずにはおけぬのだ。

因縁はまだ尽きぬ。

稲荷の元締め伏見稲荷は、渡来の豪族秦氏《はたし》によって祀られたものである。

秦氏は養蚕機織りの名人として招かれ、養蚕機織りで富を成した。それを元手の五穀豊穣・商売繁盛である。

それでもお主は、わがダキニテンとオシラが、ひとつ屋敷で並び立つと思うのか。

――オモウノカオモウノカ。

――伏見稲荷大社を祀られた秦氏が、オシラ神に選ばれた者であれば、オシラ神に選ばれたこの家の者は、あなたさまを祀る者とはなりませんか。

ふたたび炙《あぶ》り出されました帰趨は、あなたさまは無理とおっしゃいますが、長女の心霊、女夜叉の鎮魂《タマシズメ》であることは明らかです。

わたくしが力の及ぶかぎり説得に努めまして、もし叶わぬとなれば、そのときは潔く袢を献納いたします。しばしの猶予をもう一度お願いいたします。このとおりです。

――もうよい。お主の熱意ある屁理屈に、負けてしんぜよう。期限を切ってもらおうか。

――はい。ありがとうございます。きょうは冬至です。そこで、期限は今年かぎりということでお願いいたします。

――相わかった。今年かぎり。余すところ九日であるな。新年早々袢を身に着けて帰宗が叶うとは、ありがたき幸せ。

ではそれまでは祠に籠もり、来る年の夢でも見るといたすか。ではな……。

福田が面を上げたとき、白狐はほぼ透明な影となって、ゆらめきながら消えた。

丹塗りの剥げかけた小さな祠を見つめる福田の口から、やがてふっと吐息が漏れた。

❖

座敷の間で昼食の接待を受けながら、福田源治は応急な措置とことわって、必要なことを述べた。

毎日十秒でもいい、朝が無理なら出来るときに、屋敷稲荷を心を込めて拝むこと。以前あったものと同じか、もしくは祠に合わせて朱塗りの鳥居を設けること。元旦に間に合うように、白衣と袴、単衣《ひとえ》の羽織を用意すること。それらは子供用でも大人用でもかまわないが、新品であること。

また場合によっては屋敷神がこの家を去るが、新たに勧請する手立てもあることなどを説明した。

福田は炬燵で胡座《あぐら》をかき、当主と差し向かいであった。そこに給仕をしながらとみ子が加わり、あとは肝心の娘、雛子の登場を待つばかりであった。治作はテーブルを嫌うので、この日の食事は膳にして居室に運んであった。隣のテーブルには、雛子ととみ子の食事があるばかりである。福田のことは雛子には、いっさい知らされていなかった。ただもちろん、だれか来訪者がいることには、気づかぬはずもなかったが……。

雛子は幸造に怒鳴られて以来、ひどく無気力でだらしなく、神経病みのような状態になっていると、福田は聞かされていた。それでいて、何とはなく妖気じみた気配があり、狂暴にはならぬものの、小学校四年の娘は、やはり気味悪がって距離を置いているのだと言う。

相談の上、とみ子が雛子を呼びに行くことになった。もし来なければ、そのときはこちらから居室に出向くことにしたのだが、戻ってきたとみ子は、雛子は食事に来ると告げた。そのとおりに、間もなく雛子が入ってきた。福田は左を向けば、幸造はちょっと右を向けば、雛子を見ることができた。

薄い小豆色の丸首セーターに、黒のトレーナー。軽くカールした髪は、もし短くなかったらボサつきがもっと目立ったろう。

五十過ぎの母が、三十の娘にご飯をよそり、茶を入れた。

福田はなるべく顔を向けぬようにして、横目で雛子を観察した。所作に活気がなく、生気もなかった。女夜叉の気配もなく、目に映ったのは、やや神経の衰弱した普通の女であった。

これはすなわち雛子自身が、夜叉を封じ込めたためであるというのが、福田の判断であった。攻撃性を内向させたわけで、このまま封じ込めに耐えれば、雛子の命は風前の灯火となろう。しかし幸い、耐えられはすまい。夜叉は不死身である。寄生する者の細胞ひとつひとつに、食い入っているようなものなのだ。水のように侵入し、気のようにはびこり、火のように荒れ狂う。

夫からの合図に、とみ子は座敷と台所の仕切戸を閉めた。

リビングのソファーに座を移すと、禁煙に挫折していた幸造は、煙草に火を点けた。診断結果は如何にと、差し向かいの福田に血走った目を向けた。

霊能者はあらかじめ当主から、二、三の質問を受けていた。

――家は狐持ちの家系ということはなくて、雛子のようになったものは他にいない。だから一般的な精神の病と考えて、医者に診せた場合どうなると思うか。また、霊的処方との併用は可能なのか。

　福田は答えた。

――医者は彼女の現在の症状を、例えば作業療法なり薬なりを用いて、かなりの程度まで回復させると思う。狐憑きについてはヒステリーの一種ということになると思うが、医者もこれを完治はさせられないと自分は思う。そしておそらく、薬を処方することによってヒステリーを持続的に抑制するような方法をとるのではないかと思う。それが可能であれば、自分はそれでもいいと思う。と言うより、一度は専門医に診せたほうがいいと思っている。まれにはヒステリーではすまず、二重人格、多重人格ということもあるからだ。

　自分の霊的処方といっても、つねに本業の整体治療と平行して行う。実際に体験してみないと納得できないかも知れないが、自律神経の失調とか神経症といったものが、ある種の体操とか姿勢の矯正によって、劇的に改善されることが、けっこうあるものなのだ。自分だけが治療した場合、正直に言うが、完治はまったく請け合えない。それは狐憑きの症状についてのことだ。神経症的な状態については、いま言ったような整体療法で、医者並みには治す自信はある。そして狐憑き症状については、衰退の形勢には持っていけるが、目に見えて顕著であるというわけにはいかない。

そもそも狐憑きの症状は、必ず繰り返し起こってくるもので、今回は最初の発作であったために、本人も周りも一種のパニックに陥ってしまったと思っていい。かなりおぞましい体験であったのだとは思うが、実は狐憑きも繰り返し経験すると、それなりの慣れが生じてくる。それは四年生の子どもでも同じことで、次第に免疫を獲得して、その病をわきまえるようになる。その発作のなかに演技性を見出したり、いかに狂暴に見えてもそれは脅しであって、実際に暴力を揮うことは稀であるということを学んだりするのだ。自分はそれをいいことだと考えている。ところが薬で狐憑きを抑えてしまった場合、このことを学ぶ機会がない。そのかわり症状が出ないわけだが、もし薬を飲み忘れたりした場合はひどい発作になり、またパニックを呼ぶことになる。つまりある意味で薬は、関係性としての狐憑きをこじらせてしまうことになると言っていいと思う。

もし医者にかかる場合は、処方された薬は確実に飲み続けるべきであると、自分は念を押しておきたい。

顰めっ面で二本目のタバコに火を点けようとして止め、考えあぐねている当主に福田は重ねて言った。

自分の方には、まったく気づかいはいらない。併用もよし、医者のみにするのもよしだ。ただし行きがかり上、鳥居と袴の件はお願いする。白衣と袴、それに羽織の用意ができたなら連絡をもらえれば、自分が屋敷稲荷に献納することになっている。

――分かった。なにしろこんな事は初めてで、商売とは勝手がちがう。踏ん切りが半端で申しわけないが、あなたの治療に取りかかっていただきたい。医者に依頼するという頭もあるが、今年はもう日数もなく、来年になってからの話だ。当面あなたにお願いしたい。鳥居と袴はさっそく今日にでも手配する。よろしく頼みます。

福田は承知して、今日これから本人に会えるかと尋ねた。指導ができれば何よりだが、紹介程度でも会っておいたほうがいいと思う。本人にここに来てもらっても、こちらから行ってもいいのだが。

幸造が福田をソファーで待たせた時間は、二十分ほどであった。戻ってくると、福田とともに雛子の居室に向かった。

襖を開けると、六畳の座敷の真ん中に、小振りの炬燵が据えられていた。雛子はこちらに向いて正座していたが、顔は左方に逸らしていた。母のとみ子がそこに正座しており、頭を下げた。

福田は雛子と差し向かいの席に正座した。幸造はその左側に、娘に向かって座った。

「どうも雛子さん、はじめまして。整体師の福田です」

福田は顔を向けた雛子を見て、今し方母親の顔に見た憂いのわけを知った。雛子の真っ赤な口紅が、そこだけ艶めかしく浮いているのである。

雛子はうっすらした笑みを見せた。

——ああ、女夜叉は健勝だった。

これが福田の感想であった。

生気のない雛子の表層の下で、戯れに死んだ振《ふ》りでもしていたのだろう。

これでは整体施療は儘ならない。女悪鬼は親の面前も憚らず、淫らな仕草で性戯に誘う心配もある。ならばと言って同性の指導者を立てれば、その首を真綿で締めにかかる。指導者が男女ペアーであれば、男をたらし込みながら女を蹴とばす。このペアーが悪鬼のちょっかいを退けて、仲睦まじいようすを見せつけたなら、そのとき悪鬼は嫉妬と怒りの感情に駆り立てられて、次第に表層へと浮かび上がってくる。

ここで叩くと、また雛子を楯に籠もってしまうだろう。ここで如何に説得するかにかかっているが……。

福田は整体施療は留保しようと決心した。白狐との期限は明日からの九日間しかない。呪を唱えて直ちに悪鬼を呼び出し、なんとか説得を試みるしかあるまい。

「きょうは顔見せとご挨拶ということにして、次から少し、頑張ってもらいましょう」

福田はそう言って、あっさり撤退した。


主と霊能者は、再度リビングで向き合った。福田が見立てによる施療の変更を説明していると、とみ子も盆に茶菓子をのせてやって来て、夫の横に座った。

――次回わたしは、彼女に巣くった霊を呪文で呼び出します。娘さんはつまり狐が憑いた状態になるわけです。ですからそのときの言動や仕草、表情といったものは娘さんではなくて、あくまで狐だと思ってください。

わたしも何度か経験していますが、野狐霊というのはひどく卑猥なことを言ったりしたりすることが、しばしばあるものなんです。それを身内の方が聞くと非常なショックを受けたり、怒って逆上したりとなりがちなわけです。そうならないためには予め「娘ではない。これは狐だ」と肝に銘じておいていただければと思います。

——それとできればその際に、この家のお嫁さんの方に同席をお願いできますか。もし無理なら真影ですね、絵でも写真でもけっこうです。

はっきり言いまして、娘さんとお嫁さんの相剋といいますか、不和が原因となって、家の中がギクシャクとしてきたとは思いませんか。実際、娘さんがお嫁さんと向き合うと、それだけでもう狐が目を覚まして、呼び出す必要もないくらいだと思いますよ。出てきたところで互いに不平不満をさらけ出して、よく話し合ってもらいましょう。そうじゃないと誤解も溶けないし、雨降って地固まるともならないわけです。いつまでも魑魅魍魎が、この屋敷に飛び交っているということになってしまいますからね。

戦いすんで

初回の訪問の二日後。十二月二十四日の午後二時前に、福田はふたたび大沢家屋敷の門をくぐった。

空は高く、乾いた木枯らしが落ち葉と戯れていた。鳥居も建て、祚も用意したと聞いて、さっそく奉納することにした。

主夫婦を伴って土蔵と母家の間に差しかかったとき、福田は言いようのない侘しさにとらわれて、ふと歩みを止めた。枯れ葉がいたずらに転がるばかりで、白い三狐神の影がない。それがこれほどまでに侘しく、殺風景であろうとは……。

しかし屋敷神は、たとえ祚などなくても、去るときは去るべくして去るものだ。また反対に、たとえ自分が女夜叉の説き伏せに破れても、当主に相当な信仰があるならば、決して去りはしないだろう。福田はそう自分にも言い聞かせて、祠に向かった。

せっかくの白衣、袴である。その去就にかかわらず、奉納すべきものではないか。

祠にはミカンにリンゴ、赤飯が供えられ、その前に蹲踞の姿勢ならくぐれるほどの、朱塗りの鳥居が建てられていた。

主夫婦は霊能者を介し、慎んで袢を奉納した。まず上々の首尾ではあった。


狐落としは雛子の居室で行われた。炬燵を隅にどけた六畳間で、福田と雛子は座布団に正座して向かい合っていた。福田の斜右にはとみ子が、左には幸造が、それぞれ雛子に向き直って座っていた。幸造と福田の間にさり気なく、二つに折った新聞が置かれていたが、中には由紀江を写したA４サイズの写真が挟んであった。

福田は左の指で念珠をまさぐり、口の中で真言を唱えていた。

狐はすでになよやかな、雛子の肢体に現れていた。両手を赤いトレーナーの膝に置き、爪を立てては弛めている。

福田は目を半眼にして尚も呪を唱え、段階的に念を増した。

するとその誦呪《しょうじゅ》に添うように、雛子は落ち着きをなくし、わき見をし、悶えしだくような仕草を見せた。それは次第に抑制を失うようだったが、呪文が止むとようよう息をつくようだった。

福田は空かさず質しはじめた。

「あなたは誰ですか。名前を教えていただけますか。……あなたは雛子さんですか。……名前を教えていただかないと、オキツネサマと呼ばせていただきますけど、よろしいですか」

雛子はどこか不敵な薄ら笑いを浮かべ、まるで何処かからの来訪者でもあるかのように、物珍しそうに部屋の中を見回していた。

かと思うと品を作って流し目に、質す福田に秋波を送った。

「それではオキツネサマ、あなたはどうしてこの者に憑いて、この屋敷に邪気を吐き出すようなことをなさるんですか。この者をも家族の者をも苦しめて、この家の長男の嫁をもいじめて、この家を壊すようなことをなさるんですか。いったいどういう因縁で、この家に恨みを抱くようになったんですか。お話してくださいますか」

――黙れ下郎。俺は生まれながらに人の魂胆が、底の底まで見通せるんだ。人が一しか知らぬことを、俺は千も万も見通せるんだ。一しか知らぬ馬鹿は、怒りも恨みもせず、へらへら笑っておるわ。千も万も知る利口者は、怒りもすれば、恨みもする。それだけのことよ。

——千も万も、いったい何を知ったというのだ。……そうか、言わぬなら言ってやろう。

お前はこの家に嫁いできた者が、その霊性において遙かにお前を凌ぐ者だと知ったのであろう。それゆえ深い妬みをいだき、排斥にかかった。どうだ。


悔しそうに歯ぎしりし、体を震わせはじめた娘を両親は心配そうに見張っていた。

——あの者がお前に操られることなく、お前の正体を見抜くからといって、それはあの者の罪ではないぞ。お前があの者を排斥するのをやめれば、あの者もいたずらにお前を侮りはせぬぞ。

よく考えよ。あの者は下にいて受け身であり、これといって何もしておらぬであろう。お前が妬みの火を消せば、あの者の怒りの火も衰え、共々に平安となるのだぞ。どうだ、妬みの火を消して楽にならぬか。煩悩の火を消して成長いたさぬか。お前が成長いたせば三千世界に光が達し、毘沙門天の眷属として、仏法護持の神ともなれるぞ。

「オキツネサマ、仏の慈悲にお縋りして済度されなさいまし。手を合わせ頭の上にかかげ、菩薩の化度を受けなさいまし。さあ手を合わせ頭上にかかげ、涅槃に渡りなさいまし」

雛子の面持ちに神妙さが仄見えたが、手は合わず、上がる気配もなかった。

「オキツネサマ、怒りを鎮め、この者を支配するのをお辞め下さいますか」

――貴様に俺の気持ちが分かるのか。なぜ後から来た者が、俺を凌いで辱めるのだ。なぜ元からいる者が、脇に退いて仰がねばならぬのだ。俺を見抜く者が恕《ゆる》せるか。俺を暴く者に堪えろと言うのか。俺の苦しみの全てをあの者に与えてやる。あの者の目が、俺の憎しみを煽るのだ。あの者によって生じた火をあの者に放つのだ。

――あの者によってお前に生じた妬みの火であの者を焼き殺すのか。それが煩悩の火ではないのか。人を呪えば己も呪われるぞ。無間の地獄に落ちたいのか。縁を求めれば済度もあるぞ。どうだ観念せぬか。観念の臍を固めて仏に縋らぬか。

「オキツネサマ、手は上がりませぬか。手を合わせ頭の上にもたげ、息をつきなさいまし。手を合わせなさいまし」

――人には分際というものがあるぞ。身の丈というものがあるぞ。足るを知るということがあるぞ。無いものを欲すればますます無くなるぞ。足るを知ればますます満ちるぞ。

どうだ、考えてみよ。お前は十分に足りているではないか。何の不足もないではないか。

――あの者にはオシラガミの光背があり、俺には何もないぞ。あの者には駆使する狛犬がおり、俺には何もないぞ。あの者には主婦の座があり、俺には何もないぞ。

あの者は足るを知らぬぞ。さんざん俺を虚仮にして、まだ学び、まだ励み、まだ身に付けてますます俺を足下に置き、泥を塗る気ぞ。

――人には人の輝きがあり、己には己の彩りがあるのだぞ。己の光を忘れ、いたずらに他と比べるは、愚か者の仕業であるぞ。他と比べるとき、その光は失せ、力は萎えるのだぞ。

雛子は爪を立てた手を腿の上で研いでいたが、やがてその口から甲高い声が絞るように吐き出された。

「チィクゥショヨウゥ……」

「あなたは雛子さんですか……。この家の長女の雛子さんでしょうか……」

雛子は赤く腫れぼったい目を、恨みがましそうに福田に向けていたが、わずかに頷くこともなかった。

福田は幸造に目配せして、由紀江の写真を渡してもらった。それは夫が写した滝に打たれる由紀江の姿で、Ａ４サイズのシートカバー付き台紙に差し込まれ、スタンドで立てられるようになっていた。

福田はそれを自分の膝元に、雛子に向けて立てた。

雛子は何事かと目を凝らし、やや身を乗り出しもした。すると間もなく頭部が痙攣するように揺れ、体もわなわなと震えはじめた。牙でも剥くように歯を食いしばり、膝元に着いた手で畳を掻きむしった。息づかいも荒くなり、堪えきれぬかのように唸り声を上げげた。とみ子は魔物でも見るかのように目を剥いて、座ったまま後退った。

光沢のある尖った爪に、畳はたちまち切り刻まれた。

雛子はついに四つん這いとなり、目を閉じ歯も食いしばったまま、遠吠えする犬のように頭を反らし、わなわなと痙攣し、硬直した。やがて気が果てたようにばたりと横たわり、半ば気絶しながら猿のように手足を屈め、なおも何かに掴みかかろうともがいていた。

福田は倒れた雛子のもとへいざり寄り背中を支えて気合を掛けた。

雛子は我に返ると髪のほつれを直しながら、自分の座布団に戻った。そして鋭く由紀江の真影から目を背けると、父が慌ててそれを隠した。

❖

福田の三回目の来訪は、十二月二十六日の二時であった。

由紀江が夫から、雛子の狐落としへの参加を求められたのは、前の晩のことである。このところ雛子が鬱ぎみで、夜中は起きていて昼まで寝ているのは知っていたし、その居室で二日前に、何かが執り行われたのも分かっていた。だから夫の申し出に驚きはしなかったが、気のすすむ話ではなかった。

人には相性というものがあり、合わぬものを無理やり合わせる必要はないのではないか。距離を置いて棲み分けるというのも、生きていく上での知恵ではないか。このごろ由紀江は、そんなふうに考えはじめていた。それでも参加を承諾したのは、夫の言い分を認めたのが半分、狐落としに対する興味が半分であった。

夫の言い分とは詰まるところ、母家からの執り成しであった。関係修復のチャンスをもう一度与えよ。そのための狐落とし。雛子の治療ということであろう。

餅つきは分家に頼んだが、年末から春にかけては行事も多く、この際母家と縒《よ》りを戻して、せめて行事の食卓や休日祭日の食卓くらいは、共に囲むのが本来ではないか、というわけである。

由紀江は食卓で、巧みなやり口で口を封じられ、一方的な当てこすりで責め苛まれた日々を思い出し、唇を噛んだ。しかし義父母は暗黙に非を認め、首謀者の義姉が狐を落として変わろうとしているというのだから、ここは自分も譲るべきかと、彼女は思ったのだった。

由紀江は二時ころに、来訪者が母家に入るのを窓辺で見届けて、それから出向いた。通されたリビングでは、数日前に遠目に挨拶を交わした小柄な男が、義父母と向き合っていた。こうして見れば怪しくはないが、どことなし貧相に思えてしまうのは、勤め人の雰囲気がないからであろうか。短い髪は天パーと見えた。義父を介して互いに紹介されると、福田は由紀江を自分の側に招いた。その理由はすぐに分かった。

綾香が雛子を先導して、茶菓子をのせた盆を掲げて登場したのである。いかほどか回復したということであろうか、由紀江にはいまひとつピンと来なかった。茶菓子を置くと、母子はそのまま義父母の横に腰を下ろした。由紀江と雛子は、斜に向かい合った形である。福田と義父が盆栽の話題に興じる中、由紀江はやや上目づかいに雛子を見た。小声で綾香と話す、一重瞼ののっぺりと白い肌の下には、いま何が息づいているのだろう。

頃合いを見て福田と幸造は、話を切上げた。予定どおり雛子の居室に移動する段になり、由紀江が立ち上がろうとすると、福田に袖を押さえられた。向かいのソファーが空になると、福田はこれといった緊張も見せずに話しかけてきた。

「なるほどねぇ、ふぅん。狡賢い人なんて支持できませんよね。ふぅん。あなたと雛子さんですけどね、やっぱり宿命的に犬猿の仲と言いますかね、きついですね。自分でもそう思っているでしょう」

「ええ」

由紀江は思わず相槌を打ってしまった。

「あの人は、祀らないと祟りますよ。あなたも感じるとは思いますが。いちばんいいのは、ぼくは狐の回し者じゃないけどね、あなたがこの屋敷を出ることですね。なぜかと言うと、あの人を追い出せば、外からでも祟るからですよ。狐なんて憑かなくてもね。

ところできょう参加してもらうのは、お互いの本音をぶつけ合ってもらうとは言ってありますけど、本当はあなたの持っている霊的な力が、相乗するというか、プラスに作用することを期待してのことなんです。なかなか度しがたい相手でね、ぼくの力不足でもあるけれど。

でもこれから行うことを、あまり特別なことと考える必要はありませんよ。ヒステリーの発作を治療すると思ってもらえばいいですね。興奮して泣きわめいたりと、実際物の怪が憑いたようになって驚くとは思うけど、ぼくやご両親もいるわけだから心配ありません。あまり怖がらないようにして下さい。

これがぼくからの心得伝授ですが、何か聞いておきたいことはありますか」

「あの、わたしの立場というか。スタンスは、具体的には、どう振る舞えばいいんでしょう」

「あなたの立場ですか。あなたの立場は、あなたそのままですよ。オシラサマの置物になって、ぼくの左手に座っていてくれれば結構です。他にありますか」

「あのぉ……」

何か言いかけて止めた由紀江を、福田は笑顔で安らげて、雛子の居室へと促した。

狐落としの悶絶の跡を由紀江は切り裂かれた畳に見た。数十分の後、実際の場面に遭遇したとき、由紀江は爪を立てられているのは畳ではなくて自分なのだと、今更に気がついた。それ以上にぞっとしたのは、自分にべったりと据えられて離れない、恨みをたたえた、赤く腫れぼったい目であった。

福田は思案していた。前回は雛子に悶絶を許し、説得は水泡に帰した。しかし初回の試みとしては、予定の範疇にあった。今回は何らかの肯定的な言質が取りたかった。もとより人を欺くのが狐であれば、言質もまた水泡に帰するだろうが、悶絶を一歩は出ている。そうするためには流れに添いながらも主導権をにぎり、雛子を追い込む必要があった。

息をのんだまま竦んだ観のある由紀江に、福田はゆっくりと息を吐き出すように指導した。狐になった雛子にゆっくり息を吐きかけながら、吐ききること。相手の眼中を射抜くつもりで目を逸らさぬこと。言った通りにすれば、必ず狐が退くと、福田は耳打ちした。

他に術もなく、由紀江は意を決して試みた。すると間もなく、不意に物の怪の視線が逸れた。取って返すように、ふたたび合ったが、すでに四つに組む気配はなく、ややうろたえながら逸れてしまった。そしてとうとう態勢まで及び腰になろうかというとき、由紀江は福田に制されて、その睨めっこを中断した。人指し指を唇に当てた福田を見て、由紀江ははじめて、クワバラクワバラと唱えていた自分に気がついた。世間では単に厄除けの呪文であるが、由紀江の場合、狛犬阿吽が参じたのかどうか。ともかく雛子は、やや挫かれて逃げ腰になったのである。

この時であった。脇を向いた雛子に、福田が飛び掛かったと思うと、もう雛子の目の前には、短刀の銀色の腹が光っていた。福田は左腕で雛子の顎を支え、雛子の頭上で大喝一声した。

「やいキツネ。増上慢はこれだぞ。とぉー！」

気合とともに何か文字でも書くように、柄頭《つかがしら》で背中をしごいた。その右手を左手で包み、その甲でしごいた辺りをドンドンと、音がするほどにも打った。

愕然として仰《の》け反《ぞ》って、声もないとみ子の膝元には、短刀の鞘が打ち捨てられていた。

福田はわずかに会釈して素早くそれを拾い、刀身を納めた。そして呆然として虚脱した様の雛子の背に、今度は労うように手を置いて、声を掛けた。

「どう、雛子さん、気分はすっきりしましたか。頭が重くありませんか」

雛子は夢から覚めたような顔をして、頭を縦に振った。

「驚かせてごめんね。疲れたみたいだから、このまま少し横になりましょう。さあどうぞ」

福田は雛子が座っていた座布団を二つに折って、枕としてあてがった。

横になった雛子を母親に委ねて、福田は父親と連れ立って居を移そうとしていた。いくぶん躊躇《ためら》いつつも、座敷を出ようとした由紀江は、とみ子に呼び止められた。とみ子は娘の頭から座布団を外し、自分の膝を枕とした。

「ここに来て座ってちょうだい」

娘の髪を撫でながら、とみ子が言った。

由紀江は戸惑ったが、すこし距離を置いて対座した。

こちらを向いた雛子の目は、どこか虚ろに、切り裂かれた畳の上をたゆたっていた。

「この子から狐が出ていったなら、また前みたいに、いっしょにご飯が食べられるわよね」

由紀江は拒絶する心をなんとか飲み下し、ゆっくりと頷いた。

「さっきは何のお呪いを唱えていたの。あれでこの子の狐が、脅えはじめたみたい。どんなお呪いなの？」

畳に落ちていた雛子の視線が、鋭く自分を射るのを由紀江は感じた。

「すみません。はじめての経験ですこし怖くなっちゃって。お呪いは普通のクワバラクワバラっていう、あれです」

由紀江はいくぶんおどけて言った。

「あのときなんだか、犬臭くなかった。何なのかしらこの臭いって思ったんだけど」

「そうですか……。わたしはべつに」

「わたしはまた、あなたが犬神でも呼んだのかと思って。狐が憑いた娘と犬神が憑いた嫁がいるなんて、これじゃお化け屋敷だわなんて、なんだか可笑しくなっちゃった。

でももし由紀江さんが犬神使いだったりしたら、もうぜったい逆らえないわ。ねえ雛ちゃん。呪い殺されちゃう」

由紀江はわずかに頬を歪めた。

しかし事態は、このとみ子の言葉が呪詛でもあったかのように、いびつな展開を見せた。

この日の晩の事である。

晩酌の席の幸造は、いたずらに煙草をふかした。挫折した禁煙の反動でもあり、人に憑いた狐は煙草の煙を嫌うという、息子から聞いた話に縋ってのことでもあった。しかし元来へビースモーカーである老父治作でさえ、迷惑顔を隠さず、何か変わった生き物でも見るように息子を見つめた。

ところが間もなく幸造は、炬燵に突っ伏して寝込んでしまったのである。これはついぞないことだった。しかも晩酌の席とはいっても、まったく飲んでいないのである。とみ子も怪しんで様子を窺ったが、吐いては吸う息に乱れはなく、昼間の事でよほど疲れたものと考えて、しばらくそのまま寝かせておくことにした。

四十分ほども寝込んだあと、幸造は半身を起こし、なおも眠そうな表情のまま口もとの涎を拭い、台の上を布巾で拭いた。

このあと幸造はとみ子に、どうやら雛子を離れた狐が、自分に乗り移ろうとしたようだと話して聞かせた。

「福田は雛子から狐が離れたというわけではなく、気勢を削いだ、散らしたという言い方をしていたが、その頃からなんとなく変な眠気があって、生欠伸を嚙み殺していたんだ。それがこの席では、もうどうにも抑えようのない、つまりちょっと普通ではない眠気となって、今まで寝ていたわけだ。ところが寝ていながら、じつは一生懸命起きようとしていたのだが、体が動かない。頭は働いていて、これが金縛りというやつかな。居眠りでも金縛りになるのかな、などと考えている。自分が涎を垂らしているのもわかっていて、だから起きて拭こうと思うのだが駄目だったのだ。

そのうち自分の頭の上一メートルくらいのところで、誰か男が呻いているのに気がついた。大声ではなく、ウゥウーと、長く尾を引いて途切れることなく呻いていた。おれはこいつ狐だなと思った。雛子の体から散った狐の妖気が、術を使っておれを金縛りにして、おれに乗り移ろうとしていやがるなと思ったわけだ。おれはもちろん狐の胸ぐらを捕まえて締め上げてくれようと思ったが、奴め、妖気が充分でないくせに、かなりしつこい奴だった。それというのもおれは三回ほど、なんとか金縛りを解いたんだが、すぐにまた組み伏せられちまった。そしてとうとう寝込んじまったわけだ。しかし狐もおれを組み伏せたものの、さすがに乗り移るのは止めにしたらしい。まだその辺に妖気が漂っているだろうから、お前も入り込まれないように気をつけろ」

「わかりました、気をつけます」

とみ子は真に受けはしなかったが、深夜のことであった。

夫の傍らで寝ていたとみ子は、不意にすんなりと目を覚ました。掛け時計は二時過ぎを指していた。尿意もなく、そのまま目を閉じて横たわっていると、台所の方で物音がしているのに気がついた。なんとなく嫌な予感がして、とみ子は布団の上に起き直って聞き耳を立てた。カーディガンを羽織り、何かに強いられるようにして廊下に出ると、台所から灯が漏れていた。戸が人の通れるくらい開いており、とみ子は少し様子を見たあと、おそるおそる近づいた。

中を覗き込んだとみ子は、キッチンキャビネットの前で、ひどく背を丸めた恰好でいる雛子を見ることになった。視線を感じたのか、雛子はこちらを振り向いた。左手に炊飯器を抱え、御飯をのせた右手のへらは口もとにあった。

「どうしたの」

固唾を飲んで、とみ子は言った。

「お腹空いちゃったのよ」

「だったら何も、こんな夜中にそんな恰好して食べなくたって。ちゃんとよそって食べればいいじゃない」

そんな恰好と言われ、雛子はあらためて自分のなりを不思議そうに観察した。

「この恰好、どこか変?」

「変だよ。それじゃぁまるで人食い婆だよ。ちゃんとテーブルに着いて食べればいいじゃない」

「……わたし、人食い婆なの?」

雛子は火の点いたように笑いだした。甲高く、息も継がず、腹をかかえ、仰け反って。

笑い止まぬ娘を見るとみ子の面差しは、悲しそうに歪んでいた。

福田の四回目の来訪は、十二月二十九日午後二時半の予定であったが、これは果たされなかった。

前日二十八日の午後五時前、大沢家屋敷の市朗の小屋が、全焼の末に鎮火したのである。死傷者なし。外便所が延焼を受け、半分近く焼け落ちたものの、土蔵は黒煙にわずかに黒ずんだのみであった。

有線放送が生きているこの村では、火事はたちどころに全戸の知るところとなる。たしかに誰もが言うように、不幸中の幸いには違いなかった。この日消防団や分家の人など、全員が引き上げたのは午後十一時過ぎであった。

翌二十九日、朝から警察署、消防署とも訪れて、現場の検証を行った。幸造と信行は署員に見知った顔もあり、助っ人に来た地区の人々共々と昼食を共にした。

当日もこの日も、幸造の最大の懸念は出火原因の決着であった。火災発生時、とみ子は綾香を連れて買い物に出ており、由紀江もやはり二、三日に一度の、定刻の買い物に出たばかりだったのである。したがって屋敷内にいたのは、老父治作と娘雛子の二人であった。通報は雛子によって成されている。そして幸造は、ここ数日の雛子の不安定な状態から推して、まさかの不安を拭いきれずにいた。

雛子が放火したのでなければ、他に何が考えられようか。日和がいいと、治作が小屋の端に椅子を出して、煙草をふかす。その不始末で軒下の柴に火が点いた。あり得ぬことではなかろう。娘の放火より、老父の火の不始末の方が、いかほど増しか分からない。

他にはまた、これは作男の火の不始末ということになろうが、小屋で市朗が使っていたはずのガスコンロと練炭火鉢がある。市朗には気の毒だが、そこに帰着すれば願ったりで、ともかく雛子の放火の線だけは何とか消えて欲しかった。それが当主幸造の偽らざる心境であった。

ところが産むが易しというのか、雛子の放火という線は、浮上もしなかったようである。与かる理由はいくつかあった。まずは雛子の豹変ぶりである。火災通報以降の雛子の働きぶりは、じつに甲斐甲斐しく見事であった。分家や消防団の人々が雛子に見たのは、出しゃばらず、気配りの行き届いた女。こまめに隔てなく給仕してまわる、腰の低い弁えた女であった。神経を病んだ女は、そこにはいなかったのである。まして狐憑きの片鱗を窺った者など、皆無と言ってよかったろう。

また現場検証困難という事実が、発火の濡れ衣をねずみに帰したのであった。外は柴、中には藁が山と積まれた小屋は、空気の乾燥も手伝ってたちまち焼け落ち、灰塵と帰した。署員たちも手掛かりを見いだせず、大方ねずみが配線を食いちぎり、漏電を誘ったのでは、というところに落ちつきそうであった。

幸造は胸を撫で下ろし、さらに雛子の狐はこの火事がショックとなり、退散したのではと期待もした。

大晦日の昼前、神社の小暮さんが、火事見舞いに母家を訪った後、由紀江たちの離れに立ち寄った。火事の見舞いを述べると、ここでいいのだが相談があるといって、上がり口に腰を下ろした。

小暮さんの相談というのは、由紀江が預けたスケッチブックをある人に見せたところ、たいそう気に入ってくれたのはいいが、頼むから絵を数枚譲ってくれと言われて困っている。預かったものだから譲れないと言っても、一枚くらいなら譲ってもらえないだろうか、もちろんそれなりのお礼もすると言って、熱心に頼まれる。昔からの知り合いでもあり、自分もなんとなく自慢げに見せてしまった責めも感じて、それじゃあ今年中に訪ねて、一枚譲ってくれるように頼んでみますということに決着した。というわけで、一枚譲ってもらえないだろうか、ということであった。

由紀江は自分は構わないと返答した。

そのスケッチブックは習作のつもりではあったが、一生懸命に描いたので愛着もある。小暮さんのところにあれば、いつでも見られるという気持ちもあったが、もうそれほど見たいとは思わないような気もする。すでに自分の手を離れたものだからだと思う。スケッチブックは差し上げたものだから、もしクニさんさえＯＫすれば、自分の承諾は不要である。絵も欲しいという人に貰われたほうが幸せかと思うし、わたしもうれしいです。

小暮さんは礼を言って辞した。

❖

除夜の鐘が、この世の隅々に沁みわたり、人心から百八つの魑魅魍魎を引っさらい、涅槃へと去ってくれたなら、この屋敷にも幾ばくかの平安が、訪れないものだろうか。大沢家当主夫婦、幸造ととみ子の心にも、鐘の音は沁みていた。二人は台所脇の座敷の炬燵で、背中を丸めて向かい合っていた。大晦日の夜に一悶着あって、その虚脱感からか、無言である。

小屋の消失とともに、その火炎に乗って雛子の狐も消え失せたかと思えた。火の難を最後に災いの神が去り、歳神様が来訪し、新たな春を迎えられる。そう思っていた。

その気分に水を差したのはこの家の嫁、由紀江であった。嫁としては覆水となりかけたが、いったんは盆に返ると首肯したのではなかったか。それを土壇場になって反故にして、大晦日の食卓をも拒絶してきたのである。もっとも勝手の手伝いにも来なかったのだから、もしやという予感が、とみ子にはあった。

大晦日の食卓は、嫁の席だけ空席にして、どこかしらじらと過ぎていった。その後リビングで過ごし、切りなく起きていそうな孫をとみ子が二階に誘うと、治作も雛子もそれぞれに引き上げた。とみ子が戻ると信行が、ここに至るまでの成り行きをその父母に話しはじめた。

――どうしても嫌だって。二月の末にどこか適当なアパートでも見つけて移りたいとか言ってるよ。おれはおれの自由に任されてる。いっしょに出てもいいし、別居でもいい。必要なら、離婚届の判も押すって。

あいつはね、こんどの火事だけど、姉さんの仕業だと思ってるみたいだ。家に来てたっていう整体師、姉貴を霊能力だかなんだか知らないけど、治療してたって人。そいつが来るのを妨害するために、その前の日に放火事件を起こしたっていう考えみたいだ。

おれもまあ、証拠もないのに憶測だけでそんなことを言われるのは、愉快じゃないとは言っておいたよ。あのとき姉さん、気働きもよくて、休みなく動いてたし、みんなよくやるって褒めてたからさ。あいつもそう言うと、ごめんなさいって謝ったけどね。

だけどあいつが姉貴を嫌う理由は、それだけじゃないんだよ。あいつはドンスケとサチが死んだのも、裏の造園屋の農薬を舐めたわけじゃなくて、姉貴が毒団子でも食わせたんだと思ってるし。

そもそも飯をいっしょに食うのを止めたのだって「オシラサマのお告げ」だなんて言ったけど、姉貴を嫌ってのことなんだ。姉貴に助手を頼まれて、いっしょに缶の配送に回った帰り、姉貴が狭い道で猛スピードを出して、あいつを怖がらせたらしいんだ。そこへ持ってきて、今度の火事だよ。

あいつが言うには、自分がいるから姉貴の中の狐が獰猛になるわけで、自分さえいなければ、おとなしくなるはずだってことだけどね。

「もうおとなしくなったじゃないか。こっちじゃ下手に出て、手も差し伸べてるじゃないか」

とみ子が泣きついた。

「母ちゃんが手を差し伸べても駄目だよ。姉貴と由紀江との問題なんだ。あいつも言ってたけど、何か因縁じゃないけど、根っから合わないみたいだよ。それを無理やり合わせようとすると、余計に拗《こじ》れるって思ってるのさ」

「でもお前たちが出ていくって法はないだろ。出るんだったら雛子たちだよ、やっぱり」

「そうなるとやっぱり、狐が黙っちゃいないと思うよ。だから姉貴たちに平屋に入ってもらって、おれたちは母家に入れてもらおうかって言ってみたんだけど、同じ屋敷にいること、顔を合わすことからして、もう嫌だってことだよ。お手上げだね」

「何様のつもりかねぇ」

「それじゃぁどうしても出ていくとして、お前はどうなんだ。くっついて行くのか」

幸造が息子に質した。

「ああ、そうしようと思ってるよ。もともと一年前までアパートにいたんだし、多少荷物を預かってもらってさ」

「いっそ別れちまったらどうだ、えっ。未練があるのか。惚れてんのか、あの女に。離婚届に判を押すなんて言うのは、思い上がりもいいところだ。お前を舐めて脅してるんだぞ。あんまりビクビクするから生意気言うんだ。お前、よく自分の身内を犯罪者扱いされて、おめおめ付いていく気になれるな。おれならとっくに張り倒して追い出してるぞ」

「あんた少し言いすぎだよ」

むっとした息子に、母が執り成した。

「脅しじゃないよ、本気だよ。親父はあいつを分かってないんだよ。この家の屋敷財産、一切合切いらないってさ。ついでにおれもいらないってこったよ。その証拠に判を押すってことさ」

「おおかた慰謝料がっぽりふんだくろうって魂胆じゃないのか。ひとりになって、やっていく手立てでもあるのか」

「さあね。ただ慰謝料はいらないとは言ったよ。その代わりに何か変な木の人形があるんだ。それをくれっていうからやったよ。前に平屋の方の小屋を壊したとき、何処かから出てきたやつさ。それを市朗さんにやって、市朗さんからあいつが貰ったんだ。昔から伝わってきたもので、本来はこの屋敷にあるべきものだと思うから、無理は言わないってさ。駄目ならお返ししますってことだけど、どうする？　ただその場合でも、初午までは貸してほしいってことだけど。初午に出して飾るらしいよ。夢のお告げを果たすんだって。おれにはよく分からないけど。そのことがなけりゃ、直ぐにでも出ていく気構えみたいだ」

　ふた親は顔を見合わせた。人形について質す幸造に、とみ子が首をひねる。

「その得体の知れない人形と共に、ここを出ていってもらうっていうのも、ひとつの方策かもしれんな。案外それで厄払いになるかもしれんよ。オシラサマのお告げの次は夢のお告げだなんて、信行には悪いが、人を食った女だな。お前はそうは思わんか、えっ」

「たしかに気味はよくないわね。変な絵描いたり、滝に打たれたり。

　雛子の狐落としに立ち合ってもらったときも、あの人が何か呪文を唱えはじめたら、雛子が怯えはじめたんだよ。わたしにははっきり分かったの。だから少し引き止めて、何の呪文か聞いたのよ。そしたら厄除けのお呪い。クワバラクワバラですって。でもそのとき犬の臭いがしたの。わたしうっかり、犬神使いとか言っちゃったんだけどね」

「犬神使いに狐憑きか」

「そう。そう言っちゃったの」

「化け物屋敷だな」

「それも言ったわ」

除夜の鐘は、幾つを数えたろう。あるいはすでに鳴りやんで、その余韻だけが、煩悩除去を乞う者たちの内を、いつまでも去らぬのかもしれなかった。

炬燵で向き合った幸造もとみ子も、沈黙したまま目を閉じていた。その夢の中にでも歳神が訪って、新しい春をもたらすのであろうか。

春蚕

赤城おろしが吹き荒れて、由紀江の頬を凍てつかせても、空は透徹として高かった。大沢家の正月は和やかに過ぎていった。すでに雌雄は決せられたのである。残る者と出ていく者、それぞれの立場に棲み分けて、底にある葛藤が深いほどに、面の流れは平穏であった。

由紀江のために目に見えぬ、引退の花道が敷かれていた。その端には翻意厳禁の杭が打たれ、さらに言葉による追い風が、由紀江の背中を押していた。

雛子はどこかうきうきとして、面差しもさわやかであった。

——せっかく馴染んできたのに、淋しいわ。

——よかったわね、子どもがいなくて。

——また、前の所に勤められるんでしょう。羨ましいわ、資格がある人は。

——わたしもまたいい人見つけて、出ていきたい、こんな家。

——継母だって、いざとなったらあなたも、実家に頼れるんでしょう。

——若いからいいわよ、やり直しが効いて。何にでもチャレンジできるわ。

逃げる義妹に、雛子は追い縋って言葉を掛けた。

由紀江は間もなくの辛抱で、この屋敷から去って行けるという成り行きを神明に感謝した。初午に蚕神の御神体を出して祭る。あの春駒の女の願いの成就が、自分のこの屋敷での『取り』となるのだろう。正月中は毎日そんなことを思っていたので、由紀江はすでに夢では何回か、祭りを催していた。おそらく本番に困らぬようにとの、蚕神の教示であろうと思えた。

二月となり、初午の前日。午後から雪となったが、由紀江は祭りの準備を始めた。繭玉を飾るための山桑は、今は借家から通っている市朗さんが、朝に届けてくれた。花瓶に差すとは言っておかなかったが、下枝を落として、高さも誂《あつら》えられていた。神饌としての赤飯と団子は、繭玉といっしょに団子店に頼んだので、手間はいらなかった。ただ道路の積雪を慮って、御神酒とともに、三時前には引き取ってきた。

夕方には衣紋掛けを引っ張りだして、寝室の六畳の隅に立てた。これには夕食後、滝に打たれたときに着た白衣を掛けるのである。肝心の御神体の入った茶箱は押入れから出して、布団を敷けば枕元となる場所に置いた。

五時を回ったとき、農協の夫から電話が入った。

――天気予報では一晩中降り続き、明くる朝までに三十センチと言っている。雪対策に宿直を増やすことになり、自分はそれに立候補した。帰らないのでよろしく頼む。

由紀江は夫に、気をつけて泊まり勤務を果たすように言ってから、気をつかわせて申し訳ないと謝った。これには経緯があって、由紀江は夫に言い渡してあった。

――初午に蚕神の御神体をお祭りしますが、これは女に特権を与える神様だということで、戒めを守るなら、男には努めて、見せてはならないということです。御神体は寝室に祭ろうと思うので、わがままで申し訳ないのですが、その日だけあなたは、別室で休んでいただくようお願いします。

でも見るなと言われれば見たくなるのが普通ですから、もしなんでしたら、温泉にでも一泊なさって結構です。

雪の夜更けは、静かなものである。

由紀江は白衣を着て、鎌倉彫の姿見の前に立った。両手を広げ、飽かず眺めた。

二体の御神体は、茶箱の上に鎮座していた。二神ともに、由紀江が被せた錦の端切れを纏って、莞爾《かんじ》として笑っていた。

花瓶に差した、茶箱の右の山桑には、繭玉がふっくらと実を結んでいた。

神饌として、御神酒と餅、団子と赤飯が、猫脚の膳に置かれ、御神体の前に供えられていた。

由紀江が見た夢の予習では、準備が調うと黒衣《くろこ》が現れ、御神体を巧みに操り、オシラサマを上演するのだった。由紀江は袖に気をつけながら、御神体を手に取って、目の前に掲げた。左手に持った御神体が長者の娘、右手に持った御神体が白馬である。

「長者の娘は、夫婦の契りを交わした白馬が父の命によって殺され、皮となって山桑に干されているのを見て、その幹にもたれて泣き崩れる。すると白馬の皮がするすると降りてきて娘の体を包み、天へと昇って行くのだった。

娘が神隠しに遇ったと嘆き悲しむ長者の耳に、ある日こんな声が聞こえてくる。

――お父さま、わたくしです。どうか嘆き悲しむのはおやめください。わたくしは天の国にて、過分な執り成しを受けております。わたくしの身の上には、なんの憂いもございません。ただ返す返すも気掛かりなのは、お父さまたち、地上に置き去ってしまった者たちのことなのです。

わたくしは地上の身の上にある間、なにひとつ親孝行な事もできず、許しも得ぬままに天上へと昇ってしまいました。そこで夫とわたくしから、せめてもの御恩返しをさせていただきます。

雪が解けて春になりましたなら、夫とわたくしが身罷りましたあの山桑の木に、わたくしたちの子どもを宿してご覧にいれます。その子が繭というものを編み出しまして、繭から絹の糸を繰り取り、売りに出したなら、たいそうな貯えとなりましょう。ではお父さま、わたくしのことは一日も早くお忘れになって、わたくしと思って孫の繭を育み、どうか一生心安らかにお暮らしくださいませ」

由紀江は黒衣になったつもりで、六畳の間狭しと、娘と白馬に見立てた御神体を交互に波打たせながら舞った。そして悲しく美しい昇天の所作をいくども繰り返し、満足のいくまで演じきった。

いくぶん息も切れ、御神体を祭壇に戻すと、由紀江は蒲団の上に横たわった。目を閉じると、そのままいつか寝入ってしまった。

目を覚まして鈴の音を聞いたのか、鈴の音を聞いて目を覚ましたのか、由紀江は蒲団の上に半身を起こした。ふとした気配に右手を見ると、蒲団の脇には白装束の男と女が、膝を折り、顔を伏せて畏《かしこ》まっていた。男は立烏帽子を被り、女は高髻《こうけい》に花鈿《かでん》を差していた。

由紀江はしばらく驚いて見つめていたが、勇を鼓して尋ねてみた。

「あのぅ、どちらさまですか」

男女はさっと面を上げた。

♂　わたくしは犬飼星。牽牛の眷属でございます。

♀　わたくしは織女星。織姫の眷属でございます。

♂　オシラサマ、明日は初午でございます。

♀　オシラ講のお迎えに参りました。

♂　表に狛犬、阿吽も参っております。

♀　さあオシラサマ、参りましょう。

「でも、外は雪で、ずいぶん寒いでしょうね」

♂　オシラサマには絹の笠、絹の絨毯、繭の温もりがございます。濡れもせず汚れもせず寒くもございません。

♀　わたくしたちには神霊の光背があり、濡れもせず汚れもせず寒くもございません。

さあオシラサマ、

♂♀　オシラ講に参りましょう。

由紀江はゆっくりと頷くと立ち上がり、星の眷属の先導に任せた。

庭に出ると、雪はすでに二十センチほども積もっていた。門に向かって歩みを運ぶと、左右に阿吽がつき従った。星の眷属と阿吽は青白く発光し、雪に反射して光暈《こううん》のドームに包まれていた。

門口に立つと、由紀江たちの前を白装束の女たちが、三々五々、東に向かって流れていた。由紀江も星の眷属に従って、その流れの中に足を踏み入れた。

雪は小やみとなり、風花が舞っていた。

葛川の橋にかかると、女たちの列は鎮守の杜へと流れ込んでいるのが分かった。こちら側からだけではなくて、反対側からも、裏からも、陸続として絶えなかった。

由紀江たちは鳥居をくぐり、雪の参道を拝殿へと進んだ。賽銭箱の手前で境内に向き直ると、女たちの白い装束は雪に解けて、ただ声だけがザワザワと、黒髪と戯れてさざめいていた。それはしかし、棚の蚕のように倍々に膨らんで、ついには雪の境内を埋め尽くし、犇《ひし》めいた。

雪が綿毛のように、また落ちはじめ、稲妻が音もなく閃光を放った。

♂ オシラサマ、そろそろ参りましょう。地上に残る者たちに、挨拶をなさいまし。

♀ 階《きざはし》を上がり、回《まわ》り縁《えん》を右に回り、正面に戻って左に回り、また正面に戻って神《かみ》座《くら》にお入りなさいまし。

由紀江が拝殿に向き直ると、正面の扉が左右に開き、内に灯が燈った。

由紀江は星の眷属に言われた通り、階を上がった。右に向くと、社を囲んでぎっしりと、女たちの顔が仰ぎ見ている。一心に、食い入るように、女たちは何を見にきたのか。由紀江は了解できぬままに、右回りの終点に行き着いた。取って返すと、またゆっくりと正面に向かった。

驚いたことには、こちらを見上げる顔のなかに、とみ子と繭がいた。二人は由紀江と目が合っても、あるいは逆光で見えないのか、まるでこちらを知らぬ人のようだった。それなら雛子もいるのだろうかと、由紀江はそれとなく目を這わせてみた。すると雛子ではなく、松の下の石碑のところに、オシラサマの絵にイメージを借りた、あの美佐子の面影があった。美佐子はどこか涼しい目で、ひたすらこちらを見つめていた。

由紀江は正面を通過して、左の回り縁に歩みを運んだ。こちらも白無垢の女たちが、賑々しくも物言わぬままに、痛いほどの視線を投げてきた。これからお神楽を舞うにしてはひどく殺気だっているから、ならば自分は異端の者として、火あぶりにでも処せられるのだろうか。

正面に戻ると、境内を横溢した白衣の数に、由紀江はあらためて圧倒された。空を仰げば、舞い落ちる雪は夜に咲く牡丹となって、わが身が社もろとも、音もなく浮上するようだった。

たまゆら中有《ちゅうう》に浮き上がっても、目を落とせば旧の木阿弥である。青白く発光した星の眷属が、阿吽に従われて階を上がってきて、介添えのように由紀江の右と左に侍った。

♂　オシラサマ、ご講話をお願いします。
♀　地に留まる者たちに、お言葉を。
すると由紀江は突発した耳鳴りに五体を奪われ、舌の自由も利かなくなった。ところが白衣は燦々と光彩を放ち、まるで体の中に光の玉でも宿したかのように見えた。お言葉がはじまると、由紀江の口から発せられる声は、明らかに本人ではない何者かのものであった。
☆　わたくしの蚕飼《こが》いの者たち、雪の降る中、蚕日待《かいこびまち》の参詣、まことに大儀でありました。わたくしは天地の源に根を連ねた、扶桑樹の精であります。遙かな昔この国に下り、爾来蚕飼いの者たちを見守り、今日に至りました。
ゆるされよ。わたくしは皆の者に精進を強いるあまり、ときに過酷な犠牲を強いもしました。ときにわたくしを疎ましく思ったのも、無理からぬことでありました。されどそれもこれも、今はただ、皆の者の慈愛の瞳の中に、解けてゆくのを感じます。

この国に於いてわたくしは、すでに役割の大方を終えました。蚕飼いの者たちの精進によりこの国は立ち、皆の者の励みによりこの国は開けたのです。さりながら、盛衰は自然の定め。起こって栄えたものは、萎えて枯れるときを知り、うろたえず速やかに、次代を担うものに襷《たすき》を渡すのが習いでありましょう。わたくしが贈った蚕種を皆の者で掃《は》き立て、幾世代にも亘《わた》って、美しい実りを手にしてきたのです。悲しむには及びません。わたくしが去ったときをしばしの『眠《みん》』と思い、次代の発展のときには、また何者かの天下りがありますように。

わたくしはいまこの国を発ち、ヒマラヤの麓の村に臨みましょう。その小さな村から、わたくしを請い求める声が聞こえてくるのです。名残は尽きませぬ。されど、日の本の国、扶桑国の蚕飼いの女たち、お別れです。

さらば……

神殿を担ぎ上げていた白絹の女たちに、悲嘆のどよめきが寄せて返した。

♂　皆の者、幾星霜におよぶ労苦に感謝いたす。さらば……

♀　みなさん、どうかご自愛を。さらば……

白光する女が、青白い眷属に付き添われて神殿に入ると、扉が左右から閉められた。するとその格子から光が溢れ、ひときわ白熱して社をつつむようだった。阿吽が邪気の侵入を恕さぬように、両側に陣取った。

♂　オシラサマ、由紀江めの扱いは、いかがいたしましょう。
♀　由紀江めは実家に継母あり。婚家に小姑あり。子もなく友もなく、わずかに心を残すは夫くらいかと思われます。采女《うねめ》の丁《よぼろ》として、わたくしが召し上げてもよろしいでしょうか。
☆　よいでしょう。されどこの者はわたくしの瑞命《ずいめい》を道具として生きたのですから、その瑞《しるし》をとらせましょう。
♀　承知いたしました。

♂　ではオシラサマ、この者より分離なさいませ。

オシラサマが頷くと、閃光が走り、神座が黄金に輝いた。絹の女たちは驚きどよめいて、神輿から手を放した。その時である。綾なす錦の光が神殿から飛び出して、たちまち天空の果てに消えた。

暗転した神殿を後に、絹の女たちの影も、潮の退くように消えていった。

やがてひとりの影も無くなって、鎮守の杜にも境内にも、ただ綿雪が舞うばかりになったとき、拝殿の鈴がチリンと鳴った。

姉と妹は、ともに目覚め、顔を見合わせた。唐織りのコートを羽織って外に出て、拝殿の方をうかがった。すると絹を敷きつめたような処女雪を冒し、鳥居をくぐって拝殿までつづいている、人ひとりの足跡が目にとまった。クニはチヤに「オシラサマ」と告げた。

チヤは姉に待つように言って、爪皮の下駄で雪を踏んだ。クニはずんぐりとした体をゆすり、妹を追って足袋を濡らした。

拝殿につくと、階が小さな足跡で濡れていた。階を上がり、扉の格子から中を覗くと、畳に白いものが伏せていた。チヤが力を込めて左側の扉を開けると、仄かな明りが神殿に差した。右の扉をクニが開けた。

白無垢の女がうつ伏せに、頭を神座に向けて倒れていた。小さな素足の足裏が、赤く痛々しく見えた。肩まで垂れた黒髪から、右に向けた白い横顔が覗いていた。

――オシラサマ……

チヤは神殿に上がり、オシラサマを抱き起こした。氷のような冷たさが、胸にも腕にも凍みてきた。右手で顔にかかった髪を分け、つぶさに拝顔した。由紀江であった。

クニは妹の向かいに、正座の尻を落として坐った。由紀江の左手を取って、その指先を口にくわえるようにして温めた。

——死に籠り。逝けないから、返るよ。

クニの口調には常になく、正気の気配があった。それを証するように、すでに死の隈取りに装われたと見えた由紀江の瞼が、うっすらと開いた。

クニが感嘆の声を漏らすと、チヤは由紀江の体を揺すり、しっかり、と声を掛けた。すると紫に変色した由紀江の唇から、硬い舌でやっと押し出したかのような、小さな声が漏れた。

——ぉかあ、さん……

主な参考文献

『遠野物語』　柳田国男　【新潮文庫】
『「遠野物語」を歩く』　菊池照雄　富田文雄　【講談社】
『旅芸人のフォークロア』　川元祥一　【農文協】
『呪術・占いのすべて』　瓜生中　渋谷申博　【日本文芸社】
『上州路の埋もれた民俗』　酒井正保　【あさを社】
『群馬の職人』　根岸謙之助　【上毛新聞社】
『絹の文化誌』　篠原昭　嶋崎昭典　白倫編　【信濃毎日新聞社】
『製糸工女と富国強兵の時代』　玉川寛治　【新日本出版社】

著者プロフィール

赤木 貢（あかぎ みつぐ）

昭和35年群馬県前橋市生まれ
前橋育英高校出身
トラック、タクシーなどの運転手を経て、現在作家

天蚕神女☆オシラサマ

2004年4月15日　初版第1刷発行

著　者　赤木 貢
発行者　瓜谷 綱延
発行所　株式会社文芸社
〒160-0022 東京都新宿区新宿1－10－1
電話 03-5369-3060（編集）
03-5369-2299（販売）

印刷所　図書印刷株式会社

ISBN4-8355-7289-0 C0093